中华古典文学选本丛书

花间词选

刘淑丽 评注

中华书局

图书在版编目(CIP)数据

花间词选/刘淑丽评注. —北京:中华书局,2023.2
(中华古典文学选本丛书)
ISBN 978-7-101-15822-9

Ⅰ.花… Ⅱ.刘… Ⅲ.花间词派-词(文学)-作品集-中国
-古代 Ⅳ.1222.8

中国版本图书馆 CIP 数据核字(2022)第 126821 号

书　　名	花间词选	
评　　注	刘淑丽	
丛 书 名	中华古典文学选本丛书	
责任编辑	聂丽娟	
责任印制	陈丽娜	
出版发行	中华书局	
	(北京市丰台区太平桥西里 38 号　100073)	
	http://www.zhbc.com.cn	
	E-mail:zhbc@zhbc.com.cn	
印　　刷	大厂回族自治县彩虹印刷有限公司	
版　　次	2023 年 2 月第 1 版	
	2023 年 2 月第 1 次印刷	
规　　格	开本/880×1230 毫米　1/32	
	印张 10⅝　插页 2　字数 120 千字	
印　　数	1-5000 册	
国际书号	ISBN 978-7-101-15822-9	
定　　价	38.00 元	

前　言

　　《花间集》是后蜀赵崇祚编的一部词集,成书于后蜀广政三年(940),收录晚唐五代时期十八位词人的500首词。这十八位词人是:温庭筠、韦庄、皇甫松、和凝、薛昭蕴、牛峤、张泌、毛文锡、顾敻、牛希济、欧阳炯、孙光宪、魏承班、鹿虔扆、阎选、尹鹗、毛熙震、李珣。以下大致从四个方面来简单介绍一下《花间集》。

一　背景与功能

　　这部词集的编纂背景,欧阳炯在《花间集序》中已经提到,是"绮筵公子,绣幌佳人,递叶叶之花笺,文抽丽锦;举纤纤之玉指,拍按香檀"。可知花间词的功能是在酒席宴会上,文人作词付与歌女演唱的,即本序所说的,是"诗客曲子词",王国维所说的"伶工之词"。其中"拍按香檀",就是打着拍板歌唱。这个节拍,从词学角度而言,就是用词这种体裁的字数、句数、节奏、押韵等规则来体现。这是晚唐五代词包括《花间集》产生的大致背景与功能。

　　欧阳炯在序的结尾亦提到了编纂目的，是"庶以阳春之甲，将使西园英哲，用资羽盖之欢；南国婵娟，休唱莲舟之引"。即花间词是为了佐助贵游公子们游宴之欢的，也是为了使在宴会上歌唱的绣幌佳人、南国婵娟们，不仅仅只是唱采莲曲之类民间小调。欧阳炯在这里透露了两个信息，一是花间词代表了词这种体裁由民间向文人化的发展，具有雅化倾向。欧阳炯还强调了《花间集》中作品堪比"阳春者，号为绝唱"，表明花间词乃遴选当时同类词作中上佳者而成，进一步强调了其高雅性与文人化。所以，我们称《花间集》是我国第一部文人词总集。二是花间词具有南国特色。它的演唱者一般是南国歌女，其中所吟咏的也大多是南国风情人物。这也与《花间集》的作者队伍有关。除温庭筠之外，花间词人们基本上都与南方、西蜀有着某种关系（或出生于南方、西蜀，或在西蜀做官，或流落于西蜀）。

　　由于是在歌筵舞宴上按拍歌唱的，花间词就须具备一定的适合歌唱与表演的特性：一是合乐与适合娱乐的特性。从音乐角度来说，就是要适合歌唱。二是要适合歌舞表演。实际上，花间词中有些词牌本身就是舞曲。三要选取适合歌筵酒席的内容。这一点在欧阳炯《花间集序》中已提及。

二　内容、结构与艺术特色

　　历来，谈及花间，人们喜用"男子而作闺音"一语，这样的认知和评价，是远远不够的。如果说"男子而作闺音"，那么中国古代的诗歌，从《诗经》《楚辞》，到汉乐府、古诗十九首，再到建安诗歌、吴声西曲、齐梁体诗歌、《玉台新咏》，甚至唐诗，哪种的类似题材能脱此范围？问题是，虽然都是男子而作闺音，但作出的"闺音"，却大不相同。所以，不能仅以此简单而概括之。

花间词的意义，在于其确立并固定了词的基本要素。具体而言，在内容上，首先是直面并真诚歌咏男女之情；其次是多描绘相思女子的各种美的情态。

艺术上，善于情境的营造。一是侧重环境的渲染与营造。二是从修辞手法上，善于营造美的情境。这主要借助于双音词的大量运用。色彩词的急剧增加，也有助于营造词中的美境。

在词的结构上，花间词也形成了自己的特色。由于是小令，每首词只有短短的几十字（如《思帝乡》只有三十四字）。在如此短小的篇幅内表情达意，腾挪跌宕，起承转合，非有结构上的特有手法无以应对，这就形成了花间词情景交融、层次分明的结构方式。往往写景与言情穿插进行，一般是先写景，在写景之中，穿插女子的行为、动态，或内心活动、情感表达。如此情景交融的结构模式，使花间词往往层次分明。通过这些层次性的转折，使词的结构层次与情感表达以及故事性得以深入、推进，从而形成了环环相扣、循序渐进的表达模式。相较于诗，许多人认为词更难以理解，头绪难寻，但花间词却细针密线而条缕分明，善解词者不难发现其中的关节与肯綮，而更能体会到花间词内容与形式的完美结合。所以,花间词意象精美密集,情感表达含蓄而若隐若露,是与它自身的特色有很大关系的。

花间词以女性为主,善于营造精美的人物情态与环境,情景交融,具有美丽的色彩和强烈的画面感,无论是人与物,都被刻画得极其唯美,这些,构成了花间词的特质。而这种特质,对后世词,尤其是北宋词坛,产生了深远的无以取代的影响。北宋词人填词,从理论上,从实践上,多以《花间集》为准的。

三　创调之功与缘题所赋

花间词的创调之功不可忽视。

由于花间词处于由民间曲子词向文人词过渡的阶段,词的体式逐渐形成、丰富并固定,所以《花间集》中就有许多词牌属于初创。这种现象在花间词人中比较普遍。因此,花间词的创调之功不可被忽略,应给予足够的重视。如温庭筠词,《花间集》收录66首,用了28个词牌,据《钦定词谱》,其中15个词牌属于正体。《钦定词谱》中明确标明始自温庭筠的词牌有8种:《更漏子》《归国遥》《南歌子》《女冠子》《玉蝴蝶》《遐方怨》《思帝乡》《河传》。刘毓盘在《词史》第二章中说:"宣宗大中间,温庭筠出,始专为词。……其所创各体,如《南歌子》《荷叶杯》《蕃女怨》《遐方怨》《诉衷情》《定西番》《思帝乡》《酒泉

子》《玉蝴蝶》《女冠子》《归自谣》《河渎神》《河传》等……所谓解其
声故能制其调也。宜后人奉以为法矣。……其真能破诗为词者始于
李白之《忆秦娥》词,极于温庭筠之《河传》词。"指出了温庭筠创调之
功显著。

　　相应地,花间词中许多作品属于缘题所赋,这一点也应该注意到。
这些词调有的本身属于唐教坊曲,在原有曲子基础上填词才成为现在
意义上的词牌,如《忆江南》《清平乐》《菩萨蛮》《苏幕遮》等。有的
是在词的创作更为繁荣、自觉的阶段,词人根据自觉的喜好更为自由
地创调,如毛文锡《恋情深》这类的词调。

　　一般而言,属于创调的作品,容易被词调固有的字面意义束缚,创
作中大部分精力主要集中于如何敷衍词调,而相对缺乏深韵,艺术层
面也较为薄弱。但高超的词人却可以突破固有束缚。如四十六字体
《更漏子》,其调始自温庭筠,但温庭筠的《更漏子》六首却为他的代表
性词作,略举一首如下:

　　　柳丝长,春雨细,花外漏声迢递。惊塞雁,起城乌,画屏金鹧
鸪。　　香雾薄,透帘幕,惆怅谢家池阁。红烛背,绣帘垂,梦长
君不知。

　　全词围绕"更漏"敷衍而成,句中数语都紧扣题目,"花外漏声迢

1　刘毓盘先生引文中涉及的《归自谣》,实际就是指《归国遥》,南宋绍兴十八年本
《花间集》为《归国遥》。

递"点出更漏,"惊塞雁、起城乌"写塞雁与城乌闻漏声而惊起,末句"梦长君不知"则紧扣更漏的深夜背景而结束。读者在读到这首词的时候,就容易忽视它的缘题所赋,因为温词本身所描绘的意象、表达的情感、词本身产生的美感与艺术感染力,已经远远超出了缘题赋词所具有的局限。他的《南歌子》七首、《思帝乡》一首、《玉蝴蝶》一首、《河传》三首等,都属于创调,也几乎都是艺术性超越了题材本身的束缚。另如《河渎神》三首,虽然词牌固有含义在作品中明显体现,但写得缠绵凄怨、风神宛然,超越了题材限制易产生的单调与浅露。可在同属于创调的《女冠子》二首中,温庭筠却没有突破这一词牌的题材限制,与花间词大多数有此词牌作品的作者一样,流于夸张地表现女子容貌与服饰的艳丽,居处环境的缥缈、富有仙气,表达乘鸾飞升之愿,以及其他作品亦频用的刘阮典故等类似固定套路。《女冠子》词作普遍存在的写作缺陷,使这一词牌下的作品鲜少佳作。

《女冠子》词牌作品所具有的缺陷,在一般缘题所赋的作品中几乎都有程度不同的体现。遣词造境上的生硬,立意布局上的捉襟见肘,是这些词作的相同缺点。这也就是所谓的《女冠子》则言女冠之事,《河渎神》则咏祠庙,《杨柳枝》则往往咏柳树。《花间集》中,《杨柳枝》这一词牌下的词作,也鲜有佳作,大多只能被视为咏柳之作,此外别无更多、更深值得玩味之处。

以上所述词牌与词的内容关系密切的情形,往往是词在创调之初所具有的特质,其习作性或娱乐性不可忽视。但在一些因词作内容而另创词牌的作品中,情形就不同了。如皇甫松的《摘得新》《采莲子》、韦庄的《望远行》、毛文锡的《接贤宾》《纱窗恨》《柳含烟》《月宫春》《恋情深》、欧阳炯的《南乡子》、孙光宪的《思越人》等,都是因词作内容而取名,词牌名也就是题名。这类词牌一般流传范围不太广泛,有的仅只在《花间集》中一见,后世别无他作可以比照。

四　花间词人之各自特色须重视

花间词人虽然具有一些共同的特质,如十八位词人创作的词体都属小令,大都抒写离愁别恨、相思闺怨等,词风大多以绮艳、柔丽为主。这些共性往往使人误以为花间词人具有统一的风格与特色,其词作、词风没有什么区别性。实际上,花间词人只是因为一部《花间集》的编撰而被集中在一起,彼此不一定有交集,是一个很松散的群体,因而词人之间的风格差异也较为明显,比如温庭筠、韦庄词风的差别就比较大,成了评价花间词人词风的两大标杆。而花间词人词风之异并不仅只温、韦,但却长期没有引起人们的关注。因此,需要进一步研究花间词人与词作之"异",这对于深入了解、研究花间词是十分必要的工作。

下面简述一下花间词人各自主要特色。

温庭筠由于精通音律,其词作之文辞与音乐、舞蹈能够达到完美结合,情景交融,婉转蕴藉,怨悱不乱,注重以景言情;精雕细刻,细节描写突出;对女子妆容、服饰等的描写细致、完备;善于汲取传统精华,熔铸创新。善于从《诗经》、楚辞、汉魏六朝诗、南朝诗歌、唐代诗歌中汲取精华,化用熔铸,成为温词言情表意的基石;风格上,神理超越,气象浑厚,刚柔兼备。

皇甫松词善于描写江南风光和水乡特色,选用具有江南特色、江南地方小调的词牌,如《浪淘沙》《梦江南》《采莲子》,吸取吴声西曲等南方乐府、民歌的传统特色,表达对江南的怀念、向往,对水乡生活的喜爱,以及吊古伤今的惆怅,沧海桑田的伤感,及时行乐的消极颓废,等等。总体风格俊雅,或曰秀雅在骨。

韦庄词多采用白描手法与直抒胸臆的写法,对所经历之情事进行大胆、直接而明晰的叙述,融入强烈的主观色彩和抒情身份,在丰富而复杂的体验和细心描摹中,将自我的漂泊感、故园与故国之思、伤离念别之情、对人生苍凉的感受,以及豁达、疏放甚至颓废的情感注入其中。在艺术风格上体现为清丽、疏旷、直白、善转,扩大了词的意境,使文人词带有民间抒情特色,同时对民间词进行了很好的艺术加工、改造与提高。在篇章结构上,善于发挥同一词牌各词内部的意脉联络,使一些词虽然是独立个体,但总体具有联章词的特色,共同烘托、营构出较大的意境氛围与抒情载体。如《菩萨蛮》五首、《女冠子》二首、《喜迁莺》二首。在意境的构造和语言的表达上,善用痛快语、直截语,使词体现出天真、自然、不假雕饰的清新脱俗特色。

薛昭蕴之词意象清雅,意境优美,刻画心理、描摹情态细腻逼真,用词精炼,时有隽语。

牛峤词善于刻画女子妆容、服饰及情态,善于捕捉瞬间心理活动,但色彩秾艳,鄙俚近俗,失之含蓄柔雅。

张泌词摹景刻人皆细致入微,善于构境与刻画人物,情景交融,意境唯美,风格闲淡幽眇,情态超然,是《花间集》中不可多得的俊雅清丽之作。

毛文锡词虽有创调之功,也勤于创意,开拓题材,但并非每首皆佳,有些词尤其是敷衍词牌之词,给人意浅才拙之感,但亦不乏匀净工丽之作。

牛希济词善于造境,长于言情,风格清俊娴雅,总体水平强于其季父牛峤。

欧阳炯词,在传统题材方面,妖娆艳丽,个别词流于艳冶。但其《南乡子》八首,反映南土风情民俗,刻画当地鲜活质朴的女子形象,又具有开拓题材之功。

和凝词对女子妆容、服饰多有表现,对小儿女情态时有表露,总体风格比较平庸俗艳,缺乏令人印象深刻的上乘之作。

顾敻词,非常喜欢用三字句,他选择的一些词牌,大多属于三字句偏多的体裁。而且,他还善于利用三字句作为同一词牌下各篇之间联系的纽带。如《甘州子》五首等。

孙光宪博学多才,著述甚丰,不仅善于文学,颇多词作,而且博通经史,聚书数千卷,孜孜校勘,尝慕史氏之作,颇多撰著。由于孙光宪具有如此开阔丰厚的人文背景与学术涵养,他的词作就脱去了一味的绮罗香泽之态,而是视野开阔,颇多空灵流转、富有意境、格高韵雅、意境辽阔、情思悠远之作。

魏承班词富贵闲雅,善于渲染情境,写女子情感缠绵悱恻,可以明显看出词作产生的背景和功能,是酒宴歌席情状之描绘。

鹿虔扆词,善于造境,通过景物的描写,来烘托女子的相思情状,颇具蕴藉之神韵。

阎选词,一方面善写女子容貌、发饰、服装、身姿、体态、情状,笔下女子妖艳娇媚;另一方面,写景匀净洗练。

尹鹗词,写情,大多直截语,大胆直陈;写景,清空简净。词中主观色彩鲜明,自我形象得以塑造,类似韦庄之词。

毛熙震词,写女子注重通过其身体、动作等细节来刻画形象,点染神韵,且色彩艳丽,神态宛然,往往词境较为开阔,清空善转,不粘于物,显得灵动圆润。

李珣可谓花间之隐者,其代表作《南乡子》十首、《浣溪沙》四首、《渔歌子》四首等,写南方自然景物、风土人情,塑造了生动、自然、鲜活的女性形象;笔下多出现富有标志性的南方地域名词,可谓花间词中之别调,开拓了题材,扩大了词境,使词走出闺房,走入南越山水自然之间,值得关注。

花间词人各自的这些特点,以往除了温、韦之外,其他词人很少单独走入研究视野,其词作的深层特色也很少有人述及,有的甚至是空白。正因为对花间词人及词作缺乏系统、深入的研究，故而人们对花间词的认识存在偏差或误会，实在需要我们对全部的花间作品进一步深入、细致地去品读、体会、研究。鉴于以上情形，本书对花间词十八位词人的作品都有选入，希望读者藉此可以了解其各自特点与精华所在。

　　本书所依据的底本为 1955 年文学古籍刊行社影印国家图书馆藏南宋绍兴十八年刻本，此为国内现存最早的善本刻本，从时间上来说更接近《花间集》成书年代，较大程度上保持了原貌。评析中涉及的词谱知识，则据中国书店 1983 年影印的《钦定词谱》。为了便于广大读者据此本学习词谱、押韵等知识，本书每首词在韵脚处全用句号。又由于花间词中多用借代之修辞手法，个别词语含义模糊，要完全精确理解确有一定难度，固难免有错讹之处，敬请广大读者海涵。

刘淑丽

2022 年 10 月 15 日

目 录

韦庄词

皇甫松词

温庭筠词

菩萨蛮

小山重叠金明灭[1]。鬓云欲度香腮雪[2]。懒起画蛾眉[3]。弄妆梳洗迟。　照花前后镜[4]。花面交相映[5]。新帖绣罗襦。双双金鹧鸪[6]。

温庭筠词为花间之冠,其中尤以《菩萨蛮》十四首和《更漏子》六首为代表。《菩萨蛮》为唐教坊曲名,双调四十四字,两仄韵两平韵。

词的上片写女子的妆容。先是写她宿妆未解的妆容因睡眠而漶漫模糊,接着写她晨起画眉梳洗的情形。一个"懒"字,带出了女子慵懒的情态。

下片写女子对镜簪花、试穿新衣。一个"新"字,仿佛使女子身上摒去了慵懒,而新添了生机。但是,这种生机在"花面交相映"的顾影自怜中,又显得那么落寞而孤独。再加上鹧鸪所蕴含的寓意,更将她的思念倾泻得一览无余。

闺中女子对恋人的思念和由此伴生的哀愁,就是在这样含蓄的妆容与打扮中展现了出来,虽然全词作者的眼光始终没有离开女子的面容与服饰,虽然画面是如此的富丽与精艳。

1　"小山"句:小山,指小山眉,也就是第三句提到的蛾眉。即画眉如小山形状。金,指额黄,古代妇女脸部的妆饰。从南北朝起,女性爱在额头涂抹黄色,作为修饰。金明灭,指额黄上的金粉,因为宿妆未解,在睡眠过程中漫漶,残留不均,金色的额黄粉在光的照射下忽明忽暗。

2 "鬓云"句:鬓云,鬓发如云。香腮雪,比喻女子肌肤白皙美丽,洁白如雪。

3 蛾眉:用蚕蛾触须的细长而弯曲,来形容女子眉毛的美丽。《诗经·卫风·硕人》有"螓首蛾眉,巧笑倩兮,美目盼兮"之句,以形容女子美丽的眉毛。也有的认为蛾眉是指唐代以来盛行的蛾眉妆,即将眉毛全部拔掉,用眉笔在眉骨中部描画出两条短而粗的眉。

4 "照花"句:这句是说对镜梳妆簪花,前后镜子相对照来观察服饰。

5 花面:由唐代崔护"人面不知何处去,桃花依旧笑春风"句化来,人与花形成美丽的对比,也暗示女子的孤独寂寞之情。

6 "新帖"二句:这两句是指新缝制的罗襦上贴绣了一双金色的鹧鸪。鹧鸪叫声嘶哑,听起来像"行不得也哥哥",极易勾起人的思念之情与哀愁。

菩萨蛮

水精帘里颇黎枕[1]。暖香惹梦鸳鸯锦[2]。江上柳如烟[3]。雁飞残月天[4]。　　藕丝秋色浅[5]。人胜参差剪[6]。双鬓隔香红[7]。玉钗头上风[8]。

这首词以精美富丽的画面，为我们展示了女子春睡相思的情景。

"水精帘"唤出了一种朦胧幽深而又美丽的画面，虽未写女子，但女子的美丽神韵借此烘托了出来。"江上柳如烟"二句是神来之笔，刻画出了柳色如烟的美景，以及大雁飞过残月之天空带给人的空落与怅惘。

关于这两句，历来人们认为是写梦境，但我以为说它是写锦屏上的图画似乎更为妥帖。

下片描写女子服饰，这是作者一贯的写法。"藕丝秋色浅"，将女子的服饰与季节以及季节给人的感觉联系在了一起。而"双鬓隔香红"，则描写出了一个有着如云鬓发、脸色红润的美丽女子。

最后一个字"风"，表面是形容女子的头饰，实则是写她内心泛起的微波。这一波澜可能跟她看到锦屏上的柳色有关，也可能和她因思念而产生的空虚有关。

1　颇黎：此为梵语音译，一般认为是指玻璃，但据近年考古成果，有人认为是指各种颜色的宝石（据赵永《玻璃名称考辨》，《中国国家博物馆馆刊》2015年第3期）。

2　"暖香"句：暖香，指女子的身体，此为借代手法，在温词中常见，如下文的"香红"一样。鸳鸯锦，绣有鸳鸯图案的锦被。

3　"江上"句：这句是说江上的柳色如烟一般迷蒙，把柳色氤氲的神韵写出来了。

4　残月：未圆之月。这句是说大雁飞过挂有残月的天空。

5　藕丝：藕荷色的衣裳。这句是说，女子身上藕荷色的衣裳，如秋天的颜色一般轻浅。用秋色来形容女子的衣裳，是神来之笔。

6　"人胜"句：人胜，人形的首饰。古代有在正月初七（人日）剪彩为人形、戴在头上的风俗。参差，不齐。这里是指人胜剪得错落有致。

7　香红：指红润美丽的脸颊，与上片的"暖香"一样，是一种借代修辞法。

8　"玉钗"句：这句是说玉钗摇动而产生风，是一种比较夸张的写法。

菩萨蛮

蕊黄无限当山额[1]。宿妆隐笑纱窗隔[2]。相见牡丹时[3]。暂来还别离[4]。　　翠钗金作股[5]。钗上蝶双舞[6]。心事竟谁知。月明花满枝。

————

这首词写女子的春思。

上片写与恋人相见的情形。首句写女子脸上的额黄妆，用"蕊黄无限"形容妆容的明亮耀眼，又在暗示着女子无限欢喜的心情。"宿妆隐笑纱窗隔"则是写女子与恋人相聚的欢乐和亲密，"隐笑"以声音描画出了女子的幸福和甜蜜。

后两句陡转直下，一个"暂"字抒写了相聚短暂的憾恨，一个"还"字述说了别离的无常以及对此产生的厌倦。

下片又回到女子的妆饰上。点翠的金钗上蝴蝶自顾自地双双飞舞，用双蝶对照出女子的茕独自守。

最后两句将女子的相思以画面的形式定格，那明亮月光下满枝的繁花上，投射了女子多少的相思啊！

————

1　"蕊黄"句：这句形容女子的额黄妆。

2　"宿妆"句：宿妆，头一天未卸的妆容。隐笑，指隔着纱窗听到的若有若无的笑声。

3 牡丹时：牡丹开花的时节，也就是暮春时节。

4 "暂来"句：暂来，刚来，表示刚刚相见。还，又。

5 "翠钗"句：这句是说点翠的发钗的柄是鎏金的。

6 "钗上"句：这句是说发钗的形状是两只蝴蝶，蝴蝶在主人活动时上下颤动，就像是在双双飞舞。

菩萨蛮

　　翠翘金缕双鸂鶒[1]。水纹细起春池碧。池上海棠梨[2]。雨晴红满枝。　　绣衫遮笑靥[3]。烟草粘飞蝶[4]。青琐对芳菲[5]。玉关音信稀[6]。

　　这首词还是作者温庭筠的一贯写法,从女性的服饰入手。

　　上片首句是说女子头戴翠翘,身穿绣着金线的绣襦。不仅如此,这衣裳还同时绣着一幅十分精美的图案:鸂鶒在泛起微微波纹的春池里游曳,池水碧绿,池边的海棠梨已经开出了红花,花儿在雨过天晴之后显得十分鲜亮繁盛。

　　下片写女子用绣衫遮住了自己的笑靥,园里的飞蝶追逐着如烟的碧草,十分美好。

　　作者至此笔锋突转,心中兀自起了哀愁:在如此芳菲的大好时节,我却在高门深院独自面对,而那个远在天涯的人,竟没有什么音信传来。

　　这一句的意境,与王昌龄"闺中少妇不知愁,春日凝妆上翠楼。忽见陌头杨柳色,悔教夫婿觅封侯"有异曲同工之妙。而绣罗襦上的图案,也让人产生了如置身画中的错觉。

1　"翠翘"句:翠翘,一种首饰,形状像翠鸟尾上的长羽。鸂鶒

(xī chì),古代像鸳鸯的一种水鸟,羽毛漂亮,雌雄相随,喜同宿并游。

2　海棠梨:一种果树,又名海红,二月开红花,果子到八月成熟。

3　笑靥(yè):酒窝,代指笑容。

4　烟草:如烟一样的芳草。

5　"青琐"句:青琐,原指皇宫装饰门窗的青色连锁花纹,此处代指富贵人家。芳菲,芳香而艳丽的花草。

6　玉关:即玉门关,故址在今甘肃敦煌西北,汉代时为通往西域各地的门户,此指边关。

菩萨蛮

杏花含露团香雪[1]。绿杨陌上多离别[2]。灯在月胧明[3]。觉来闻晓莺[4]。　玉钩褰翠幕[5]。妆浅旧眉薄[6]。春梦正关情[7]。镜中蝉鬓轻[8]。

———

这首词写女子的春梦相思。

杏花带着露珠在枝头开成簇簇洁白而飘香的雪团,在绿杨茂密的阡陌上,女子在送别心上人。画面感极强。

后面一个"觉"字,将这种虚幻瞬间打碎,原来这只是女主人公做的一场春梦。

你看闺房内灯还在燃着,月亮还朦胧地挂在天空,早起的黄莺已经开始在叫了。梦境的真实反衬出现实的虚幻。

下片写女子从梦中缓缓而起的情形。她用玉钩将翠色的帘幕挂起,坐在镜前开始化妆。"妆浅"、"眉薄"、"鬓轻"暗喻心上人的薄情,"旧"字则暗示这段情感的结束,已成过往。

但是,女主人公却无法洒脱地摆脱这份情感,"春梦正关情",将她的心态展露无遗。

———

1　香雪:指雪白而飘香的杏花。

2　"绿杨"句:古人讲究折杨柳而送别,此处以绿杨陌作为送别地点,也暗含这层意思。

3　月胧明:指月色朦胧。

4　"觉来"句:闻,听到。晓莺,早晨啼叫的黄莺。

5　"玉钩"句:玉钩,古代用来固定帘幕的工具,一般用玉或金做成。褰(qiān),掀起,挂起。翠幕,室内隔绝外界的绿色帘幕。

6　旧眉:指昨日画过之眉。

7　关:牵扯。

8　蝉鬓:古代女子的一种发型,即将鬓角处的头发向外夸张地梳起,形成像蝉翼一样非常薄的一层。

菩萨蛮

玉楼明月长相忆[1]。柳丝袅娜春无力[2]。门外草萋萋[3]。送君闻马嘶[4]。　画罗金翡翠[5]。香烛销成泪[6]。花落子规啼[7]。绿窗残梦迷[8]。

———

这首词写女子的送别与思念。

上片前两句写别前女子的心情。女子身在玉楼中,眼望明月,想起与男子相处的点点滴滴,沉浸在回忆中。窗外柳丝细长柔软,随风拂动。"春无力"比喻女子心情低落,心上无力。

后两句写天明送别情景。门外茂盛凄迷的春草象征了女子心情的复杂多感,耳边听到的是马嘶,实际上是女子内心无力的嘶喊。

下片写别后情景。画罗帐额上,描金的翡翠鸟成双成对;蜡油滴下,似滴蜡泪,显得那么艳丽,更对比出女子的孤独落寞。窗外子规"不如归去"的啼叫,声声扎在女子的心上。绿窗之下,女子回忆起往日的片段,竟然迷惑其中,不知所踪了。

"迷"字点出了女子彼时的心情,是痴迷,是迷惘。

———

1　玉楼:指华丽的楼。

2　"柳丝"句：柳丝，指柳树枝条细长如丝。袅娜，形容柳树枝条细长柔软。

3　萋萋：草长得茂盛的样子。

4　嘶 (sī)：马叫的声音。

5　"画罗"句：这是指画罗帏帐上绣着金色的翡翠鸟，翡翠一般成双作伴。

6　"香烛"句：此指蜡烛燃烧产生的蜡泪。

7　子规：即杜鹃鸟，其叫声好似在说"不如归去"。

8　残梦：往日回忆的片段。

菩萨蛮

凤凰相对盘金缕[1]。牡丹一夜经微雨[2]。明
镜照新妆。鬓轻双脸长[3]。　　画楼相望久[4]。
栏外垂丝柳。音信不归来。社前双燕回[5]。

这首词写女子的相思,但写得含蓄蕴藉。

以绣金凤凰的相对相随衬托女主人公的形单影只,以牡
丹的经历微雨暗示女子的暗夜垂泪;妆容虽然鲜亮,但掩饰
不住面容的消瘦憔悴。

画楼凝望,有"过尽千帆皆不是"的惆怅,栏杆外垂柳
细长袅袅,恰似女主人公不绝如缕的思念。临近春社之日,
去年南飞的燕子都知道北归,而行人竟不如燕子守信,音讯
杳然。

"回"与"不归"之间,女子的心情一落千丈。

全篇无一字言愁,却愁情弥现。

1　"凤凰"句:这句是说衣服上用金线绣着一双相对的凤凰。
2　"牡丹"句:这句字面上是说春夜的小雨打湿了牡丹,实际
　是指女子夜里垂泪哭泣。
3　"鬓轻"句:这句是说女子面容消瘦憔悴。

4　画楼：雕饰华丽的楼房，此处指女子的居处。

5　社：社日，古代人们祭祀土地神的节日，在春分前后。汉代以前只有春社，汉代以后开始有秋社。

菩萨蛮

牡丹花谢莺声歇[1]。绿杨满院中庭月[2]。相忆梦难成。背窗灯半明[3]。　　翠钿金压脸[4]。寂寞香闺掩[5]。人远泪阑干[6]。燕飞春又残[7]。

本词抒相思之愁,句句显失意之憾。

上片前两句押仄声韵虽属本词牌固有格式,但其内容与入声字的短促、戛然而止,带给人的压抑感达到了完美的统一。

"牡丹花谢"言春事已过,"谢"在逝去的虚空上又添哀愁;紧承的"莺声歇"迥异于"几处早莺争暖树"的喧闹欣喜,带给人的是无力与无奈之感。

"绿杨满院"冲淡春逝之愁,夏日茵茵,挺拔的茂树焕发出旺盛生命力,但中庭明月触引的相思又增强了残酷的对比,使相思未排遣反而更浸入心间。

相忆本望入梦,但却难以入梦;深闺独坐,本望烛光明亮静谧,但其忽明忽暗、摇曳不定,更扰乱了人的心境。

翠钿本为装饰,却使闺中人压抑,香闺寂寂而闺门紧闭,心上人远在天涯,眼泪更加不可收拾……

结句"燕飞春又残"是点睛之笔。燕飞即劳燕分飞,寓相思之恨；春残点明春已逝去，增惜春之怨。

　　相思与惜春并在了一起，更生出无限幽怨哀愁。

1　"牡丹"句：牡丹花谢，指春天过去。歇，停下来。

2　中庭月：庭中的月光。

3　背窗：指人背对着窗户。

4　"翠钿"句：翠钿，把翡翠镶嵌在金属上做成的头饰，一般是金镶玉。金压脸，指翠钿的金色流苏遮住了脸。

5　掩：关，闭。

6　阑干：纵横散乱貌，此处指眼泪纵横的样子。

7　春又残：指春天又将要过去。

菩萨蛮

宝函钿雀金鹨鶒[1]。沉香阁上吴山碧[2]。杨柳又如丝[3]。驿桥春雨时[4]。　　画楼音信断[5]。芳草江南岸。鸾镜与花枝[6]。此情谁得知。

首句以物起兴，从女子的闺房写起。

精美的宝函打开，精致的金钗摆在眼前，女子正对镜梳妆。突然抬头，她看到了远处青碧的吴山，情绪陡转，犯起了相思。

接下来的四句景语，却无一不是情语。

这是一个杨柳如丝、驿桥被春雨打湿的时节。杨柳如丝，提醒春天已到，而如丝的又岂止是杨柳，多半是那绵绵不绝的情感。

"又"字，更显情感的执着与绵长。

桥非别桥，而是驿桥。驿桥是一种唤醒，它暗示了情人正在旅途，也委婉表达了女子对情人的牵挂。

驿桥已够伤感，再加上濛濛细雨的衬托，更增添了离人的愁绪。

在这美好的春天，居于画楼的女子，没有了情人的音信，一个"断"字，诉出了无奈，也牵出了不舍。

"芳草江南岸",女子想象着江南此时已是芳草萋萋,女子的思念与担忧,也如这萋萋芳草,疯长着。

四句虽都是写景,却是借女子的视角与情感,写了两地之景:"杨柳"与"画楼"句是女子眼前的实景,"驿桥"与"芳草"句是女子想象的虚幻之景,是心上人的眼前之景。

结尾两句又回到闺房,照应上片首句,续写女子的梳妆打扮。

一句"此情谁得知",将闺中妆台前的相思之情,延伸成了绵久永恒,同时也起到了很好的收束作用。

1　"宝函"句:宝函,枕头,一说化妆盒,此处作化妆盒讲比较切合。钿雀,镶嵌着金、银、珠、贝等的雀形钗。鸂鶒,古代像鸳鸯的一种水鸟,见前《菩萨蛮》(翠翘金缕双鸂鶒)。此处指鎏金鸂鶒形头饰。

2　"沉香"句:沉香阁,指精美的亭台楼阁。吴山,又名胥山,在今浙江省杭州市西湖东南。

3　"杨柳"句:此句指春天柳树抽芽,细条如丝。杨柳,主要指柳树。

4　"驿桥"句:驿,驿站。驿桥,指驿站旁边的小桥。

5　画楼:雕画着精美图画的楼,指女子居所。

6　鸾镜:装饰有鸾鸟图案的铜镜。

菩萨蛮

南园满地堆轻絮[1]。愁闻一霎清明雨[2]。雨后却斜阳[3]。杏花零落香。　　无言匀睡脸。枕上屏山掩[4]。时节欲黄昏[5]。无憀独倚门。

这首词写一位女子的春日闲愁。

上片写景，女子的闲愁逐渐显影。春日如荼，南园地上堆满了从枝头飘落的杨柳飞絮，暗示女子心上生尘，也如这飞絮般烦乱。

下面一句，忽然听到下了一阵雨。清明雨，更交代了正处在清明时节。此句由"愁"字领起，可见女主人公的心情。清明时节下雨，本易使"路上行人欲断魂"，而雨后又值斜阳，则使愁情更甚。

不仅如此，春雨打湿了杏花，也使杏花随之飘零，零落的花瓣使女子在悼花的同时，更充满了自怜。虽是写景，但女子沮丧的愁绪随着写景展开，被逐层渲染，哀物物哀。

下片回到一贯的写人上。此时，女子慵懒地赖在床上，屏风上的远山遮挡着她的视线，也使心情幽暗。在这幽闭烦闷的环境中，又一个黄昏来临。最终，女子极力挣脱沉闷的环境与心情，倚门望远。

　　结句的"无憀"与"独"乃点睛之笔,点出了本词的主题——由无聊与孤独产生的闲愁。

1　絮:杨絮柳絮。

2　一霎:一阵子。

3　却:又,再。

4　屏山:画有山水的屏风。

5　欲:将要。

菩萨蛮

夜来皓月才当午[1]。重帘悄悄无人语[2]。深处麝烟长[3]。卧时留薄妆[4]。　当年还自惜[5]。往事那堪忆[6]。花露月明残[7]。锦衾知晓寒。

词从夜写起。

"皓月""当午",明月照如昼,也是女子心内纠结、毫无睡意的外射。帘而言"重",表示闺房之讲究,更显女子之孤独。"悄悄无人语",表明有人失眠,独自面对悄寂的午夜。"深处"言居处之幽深,也暗示心绪之幽深。"麝烟长"烘托出闺房的幽静,更显出女主人公相思的绵长,如麝烟不绝如缕。

下片直抒心事。"当年"两句,如女主人公自语:当年发生的事,还懂得自怜与怜惜。这是指情感双方的态度。如今,一切成了往事,哪还能忆得起来?这是女子的自怨自艾之词,说明这份情感如今只是女子一人在回忆、在忆念,心情失落到了极点,全词也达到了情感抒发的高峰。

结尾两句如乐曲的尾声,花露、月残,易逝的短暂,残缺的遗憾,弥漫在深夜至拂晓的时空中,随着月落而天明,女子迷乱的心绪逐渐恢复平静,内化在心灵深处,那种"寒"不仅是初晨的寒意,更是女子心中驱遣不掉的遗憾。

1　当午：指明月正在中天。

2　重帘：重重帘幕。

3　麝烟：香炉里焚麝香散发出的烟雾。

4　薄妆：淡妆。

5　自惜：自我怜惜。

6　那堪：哪堪，不堪。

7　月明残：指月光渐暗、黎明来临。

菩萨蛮

竹风轻动庭除冷[1]。珠帘月上玲珑影[2]。山枕隐秾妆[3]。绿檀金凤凰[4]。　　两蛾愁黛浅[5]。故国吴宫远[6]。春恨正关情。画楼残点声[7]。

词一般都是上片写景下片抒情，本词的丽句恰也在开头与结尾两句的写景。

春夜里透过竹林的风轻扫在庭前的台阶上，月亮照射在珠帘上，帘上月影流动。写竹风轻动，是女子的心在轻轻泛起涟漪；庭前台阶怎可感觉到冷？实际是女子心上寒意逼来；摇曳在帘上的月影，仿佛就是女子的心影在流动，在徘徊。由此引出春睡的女子。

绿檀枕和金凤钗都无法掩盖女子脸上的浓妆。妆浓，透露出女子无心卸妆的慵懒心态，也暗示了她歌妓舞女的身份。这种寄寓青楼、远离父母的状态，为下片的故国之思埋下了伏笔。

过片承接上片，用黛眉的深浅与吴宫的遥远，将女子的愁绪深化与悠长化，也续接了故国之思与历史的风致，多了含蓄蕴藉之美。

结尾"春恨正关情，画楼残点声"，画楼上似断似续的滴漏声惊扰了女子,使她的心随之一惊一乍难以平静,将女子的心事与外界事物结合起来,而且像残漏的声音一样,没有间歇,最终定格。这两句既收束了全篇,也是点睛之笔。

1　"竹风"句:竹风,透过竹子的风。庭除,庭前台阶。

2　珠帘:指精美的帘子。

3　"山枕"句:山枕,形状似山的枕头。秾妆,即浓妆。秾,通"浓"。

4　"绿檀"句:绿檀,指檀木枕头。金凤凰,指装饰有凤凰形状的金钗。

5　两蛾:指双眉。

6　吴宫:指吴地的宫阙。

7　残点声:指滴漏将尽、天色将明的时刻。

更漏子

柳丝长，春雨细。花外漏声迢递[1]。惊塞雁[2]，起城乌[3]。画屏金鹧鸪。　　香雾薄。透帘幕。惆怅谢家池阁[4]。红烛背[5]，绣帘垂。梦长君不知。

———

双调四十六字，上片六句两仄韵两平韵，下片六句三仄韵两平韵。

柳丝长，春雨细，本是一个欣喜而多情的春天雨夜；"花外漏声迢递"，花之外，说明漏声的遥远；迢递，说明漏声的绵延不绝。寂静的夜里，能一直听到远处隐约不绝的漏声的，只有失眠之人与有心事之人了。写景却在写人。

迢递的漏声此刻具有神奇的力量，它惊起了飞往边塞的大雁，也惊醒了城上驻栖的乌鸦。那个遥远的边塞，也有一颗同样失眠和相思的心。

"画屏金鹧鸪"一句，片刻间又闪回闺房，双栖的金鹧鸪反衬出女主人的孤独和懊恼。

下片前三句仍以女子闺房独有的情景，展现女主人公的孤独、惆怅。

末尾三句"红烛背，绣帘垂，梦长君不知"，烛灭帘垂，表示女子失眠至极终而陷入沉沉梦乡；而"梦长君不知"，则是在上片相思孤独之上的更深一层的绝望：虽然有梦，但却无法让对方知晓，由此才更孤独绝望！

　　将相思写得刻骨而唯美。

1　"花外"句：漏声，铜壶滴漏之声。迢递，指声音绵长久远。

2　塞雁：飞往边塞的大雁。

3　城乌：城上的乌鸦。

4　谢家池阁：指闺房。唐代李德裕有妾名谢秋娘，李德裕使之居以华屋，词人因此用作典故，泛指精美的闺房。

5　红烛背：指通过屏风、床帐、帷幕等遮蔽物使烛光暗下来。还有一种说法，认为是使用了具有屏蔽作用的灯烛台座，使光线暗淡下来。

更漏子

　　星斗稀，钟鼓歇。帘外晓莺残月。兰露重，柳风斜。满庭堆落花。　　虚阁上[1]。倚栏望[2]。还似去年惆怅。春欲暮，思无穷。旧欢如梦中。

———

　　这首词写女子深夜至拂晓的相思。

　　上片写景。"星斗稀,钟鼓歇,帘外晓莺残月",表明夜已将尽,而此刻能听到钟鼓声、看到星斗的与能听到晓莺鸣叫、看到帘外月光的,只有夜不能寐之人。三句是写景,亦刻画出相思女子的形象。

　　接下来三句继续写景。露重风斜,加快了花儿凋零的脚步。满庭堆积的落花似乎是女子无法收拾清楚的心事。而兰露与柳风,暗示着往日的两情相悦;风斜露重,则是此情难以忘记的刻痕。

　　过片三句写女子登阁远望,有所牵系和怀念。"还似去年惆怅",透露了这种牵挂,也进一步坐实了女子的相思。"春欲暮,思无穷",心中的思念与怅惘,与大自然美好季节的易逝碰触在一起,则更使人相思而难以自拔。这是有关美与爱的永恒主题。

　　结句"旧欢如梦中"不仅点题,而且收束有力,是作者才情的精华展现,从而又成就一个警句,就如前一首中的"梦长君不知"一样。

　1　虚阁:高阁。
　2　倚栏望:意境与作者的另一首词《望江南》的意境类似:"梳洗罢,独倚望江楼。过尽千帆皆不是,斜晖脉脉水悠悠。肠断白蘋洲。"

更漏子

金雀钗[1]，红粉面[2]。花里暂时相见。知我意[3]，感君怜[4]。此情须问天。　　香作穗[5]。蜡成泪。还似两人心意。山枕腻，锦衾寒。觉来更漏残。

写了一次偶遇带给人的震撼。

"金雀钗，红粉面"，那是多么不期然的一场偶遇，可以想象出女子脸上的娇羞，可以想象到"人面桃花相映红"的美好。羞怯在女子脸上，悸动在两人心中，青年男女一见钟情的美好都可以在此充分发酵。

"知我意，感君怜"，两人间的眼波流动，"怜"写出女子沐浴爱意的幸福和矜持。"此情须问天"凭空翻出，承转中给人惊喜。

两组三三六三三五式句，而警句也常在五字句中，若作者同一词牌的另两首结尾句——"梦长君不知"、"旧欢如梦中"。

1　金雀钗：指雀形的鎏金钗子。
2　红粉面：指女子面容红润、娇艳、美好的样子。

3 知我意：主语为君，指女子爱慕的男子。

4 感君怜：主语为我，指女子自己。

5 香作穗：指香烧成了灰烬，灰捻像穗一样。

更漏子

背江楼，临海月。城上角声呜咽[1]。堤柳
动，岛烟昏。两行征雁分。　　京口路[2]。归
帆渡。正是芳菲欲度。银烛尽，玉绳低[3]。一
声村落鸡。

此词一般说法认为是女子闺愁，我以为是写羁旅怀思，主
人公应为男子。

这是温词中少见的脱去浓香腻艳、颇有疏朗风致之作。
从意象与用词方式看，也不同于以往。

江楼、海月、角声、堤柳、岛烟、玉绳等意象，遍及天上地
下，都比较开阔，因此显得更男性化些。

另外，用词称谓也不类一般闺情词。

如"银烛尽"，不同于温词的"红蜡泪"、"蜡成泪"，而是让
人想起了《古诗十九首》的"昼短苦夜长，何不秉烛游"，想起
了张九龄的"灭烛怜光满，披衣觉露滋"……

同一事物的不同称谓中，其实是暗含了性别倾向的。

1　角：古乐器名。多用作军号。

2　京口路：故址在今江苏省镇江市。

3　玉绳：星宿名。

更漏子

　　玉炉香，红蜡泪。偏照画堂秋思。眉翠薄，鬓云残。夜长衾枕寒。　　梧桐树。三更雨。不道离情正苦[1]。一叶叶，一声声。空阶滴到明。

　　此首《尊前集》作冯延巳词，《古今词统》作牛峤词，皆误，为温庭筠词。

　　这是温词中最著名者之一，写女子的相思。

　　起首三句点出时间，为秋日；交代情事，为闺愁。

　　焚香本为古代生活常态，各式焚香用具的大量出土即是明证。但若焚香与烧烛相伴，便成为闺房清景，像另一首《更漏子》的"香作穗，蜡成泪"。

　　这一模式更成为李清照笔下当然的闺中背景，此不多赘。

　　词与诗尤其是五言诗相比，开始大量运用双音节词，这样丰富了词的内涵，使写情状物更趋于细腻化。

　　就如前举例，"灭烛怜光满"之烛，在词中成为银烛、红蜡；"披衣觉露滋"之露，在词中成为玉露、金露，类似构词法随处可见。

　　双音节词中的修饰语，丰富了词的内涵，使词极具色彩感、幽微性和画面感,增强了词的富丽精工特色,也增强了词的唯美性。

这些由敦煌曲子词向文人词转变中的一些质素,是在温庭筠这里形成并产生深远影响的。

本词下片流传很广,为温词中的名句。

在写法上,下片没有按程式有意顾及转合,而是用赋的手法,一气呵成,共同烘托出一幅为爱失眠而煎熬的情境,将相思写得刻骨铭心。

李清照《声声慢》之"梧桐更兼细雨,到黄昏,点点滴滴",即由此化用而来。

胡仔《苕溪渔隐丛话》中说温庭筠"工于造语,极为绮靡……《更漏子》(玉炉香)一首尤佳",可见其受喜爱程度。

---

1 不道:不管、不去理会的意思。

归国遥

双脸[1]。小凤战篦金飐艳[2]。舞衣无力风
敛[3]。藕丝秋色染[4]。　　锦帐绣帷斜掩。露珠
清晓簟[5]。粉心黄蕊花靥[6]。黛眉山两点[7]。

双调四十二字,上下片各四句,四仄韵。

女子的特写。

开首两句写面容和头饰,下来两句写衣装,舞衣透露了女
子的舞女身份。

下片前两句写居处,后两句视线透过帷帐,落到眉妆与面
妆上。

整首词似乎没有更多表述欲望,是就女子外形写女子,极
尽华丽铺排,正如温词一贯套路。

前人对此词评价不高。但是正如暗夜中的星光,幽烬中
的残焰,总是有心性灵魂透过浓妆媚态泄露出来。

"舞衣"句,传神写出女子虚弱慵懒,心上失去力量,脆弱
到引来风的怜悯,为她敛起了衣袂,和那袅娜飘飞的衣带。

"藕丝"句,写舞衣色彩柔和,如沾染了淡淡的秋天的
颜色。

秋天是什么颜色呢?难以回答,但温庭筠痴迷,所以在另

一首词里,他说"藕丝秋色浅"。

　　这两句将声色场中的女子超拔成颇有风致与寄托的出尘女子。

　　而"露珠"句,让秋日的清冷深入骨髓,凉意不期而至,"晓簟"让人想起竹的挺直与清冷,而"清"更是在此之上的人格化,刻画出女子清独的同时,也让她具有了清寒之士的一些品格。

　　三句点化,是破铜烂铁里的一点清光,激发了读者的共鸣。

1　双脸:双颊。

2　"小凤"句:小凤战篦,女子头饰,指雕刻有小小凤凰的梳篦。战,通"颤"。金飐(zhǎn)艳,指凤篦为金色,随光线不同而呈现闪烁耀眼的光辉。

3　敛:收敛。

4　藕丝:藕荷色的丝织衣裳。

5　簟(diàn):凉席。

6　粉心黄蕊花靥:指花靥的样式是粉心黄蕊。花靥,女子面部妆容,指面颊上用彩色涂点的妆容。

7　黛眉山两点:古人形容女子眉如远山。黛,青黑色。本句是就中晚唐时期女子眉形短粗的特点而言。

酒泉子

　　楚女不归[1]。楼枕小河春水[2]。月孤明，风又起。杏花稀。　　玉钗斜篸云鬓髻[3]。裙上金缕凤[4]。八行书[5]，千里梦。雁南飞。

　　词一般讲究先景后情，或上片写景下片抒情，融情入景，这都属老生常谈。

　　但温词偏不讲这一套路，或在温所处时代，还没有形成这一定式。所以，本词上下片皆先写情事后及景物。

　　起句突兀，以客观视角将抒情主人公带入，给人陌生化的感觉，画面感极强。

　　接着由人而及人之居所，"小河春水"点明了季节，也将清丽美景送至眼前。

　　以下三个三字句写景，但由孤月、风起、落花表达了女子惜春的感伤与孤独。

　　下片前两句以女子的浓妆艳抹与刻意雕饰，衬托其内心的孤独空虚。

　　结尾三个三字句巧用数词，使意境开阔辽远，将相思、怀乡之情与天地接通，打破了梦与现实的界限，具有了一种温词中少见的气贯长虹、率意酣畅之感，最后凝情于南飞的大雁。

　　从音律上讲,上下片各五句中,平仄平仄平的音调,也足以令人感受到内心的波动与情感的强度,结句平声韵使情感趋平,而内容却意境飞动,有意思。

　　此词从所表现的风致来看,应写北地风光。楚女身在北地,因无法归乡,故想象家乡春景,拟托书信以表思乡之情。结句之"雁南飞",并非实指大雁南飞,而是指鸿雁传书之雁,应为寄家书之意。

1　楚女:楚地的女子,指抒情主人公。

2　楼:楚女所居之楼。

3　篸(zān):通"簪",插的意思。

4　裙上金缕凤:指裙上用金线刺绣的凤凰。

5　八行书:代指书信。

酒泉子

罗带惹香[1]。犹系别时红豆[2]。泪痕新，金缕旧[3]。断离肠。　　一双娇燕语雕梁。还是去年时节。绿阴浓，芳草歇[4]。柳花狂。

《酒泉子》本为唐教坊曲名，一牌多体，最常见者为双调四十字，上片五句两平韵两仄韵，下片五句三仄韵一平韵，平仄错叶，即如上一首词。

本词为这一词牌之又一体，双调四十一字，上下两片各五句，都为两平韵两仄韵，亦为平仄错叶。

此外，这一词牌还有双调四十二、四十三、四十四、四十五字者，此不赘述。

全词充满今与昔、愁与喜之对比。

罗带为可结同心之物，罗带沾惹花香，为春又来之证明。但罗带所系之物，乃对方别时所赠之红豆，红豆乃相思之信物。

由今日之罗带牵出旧日之相思，为一对比。

接下三句，衣为旧时之金缕衣，但衣上泪痕新，又为一对比。

"断离肠"一句，为新愁旧恨之总爆发。

过片承上而生发。归来新燕呢喃,触发旧时节旧情事,为一对比。

新燕为双而己为单,又一对比。

燕为新而人依旧,还一对比。

绿杨与芳草的浓歇,乃得意与失意之对比。

结句"柳花狂"对旺盛生命力凭空懊恼,足见心情低落,更一对比也。

1　罗带惹香:罗带,古时女子衣上的带子。惹,沾惹。

2　红豆:即相思子。唐代王维《相思》诗:"红豆生南国,春来发几枝。愿君多采撷,此物最相思。"

3　金缕:金线,此处代指刺绣有金线的衣服。

4　歇:指芳草茂盛到极点而开始停止生长。

定西番

汉使昔年离别[1]。攀弱柳[2]，折寒梅[3]。上高台。　　千里玉关春雪[4]。雁来人不来。羌笛一声愁绝[5]。月徘徊。

《定西番》本为唐教坊曲名，作为词牌，见得不多。

此词内容与词牌名意思一致，表达边塞之思。

上片怀古，下片言今。

上片想象当年汉使离别亲人、远赴西域之情景。

首句六字一煞，未述离别情态，但无数种可能、千万种离别场面似乎毕现眼前。

"别"，入声字，叶仄韵，顿挫中拉远了内地与边塞的距离。

接下三句通过想象，表达双方不忍离别而做出的有心无奈之举。

折柳、寄梅、临高，一次比一次深入内心，刻画出离别带给人的孤独和难以排遣的思念、伤感。

上片之离别逗引出下片寄居边塞者更深切的现实感受。

春回大地，但千里之外的边塞仍是大雪弥漫，北飞的大雁都已飞越千里来到玉门关，而人，思念的人，内地来边的人，却因路途遥远、大雪阻隔，无法来到。

此处"人"的含义,已扩散为出现在视野里的任何人。

由对亲人之思念延伸为对单纯意义上的人的思念,边关战士之孤寂程度可想而知。

羌笛为抒情、遣愁之物,却招致了更致命的愁。

结尾"月徘徊"使边塞之思意象化,月因笛声而化作有情物不忍离去,又何尝不是吹笛之人在月下徘徊?写得颇有思致。

这首词刻画形象高洁,境界渺然,具有荡涤心胸之力量,在温词中乃少见之作。

1 汉使:汉代的使臣,有的认为是指汉代张骞。

2 攀弱柳:指折柳送别的习俗。

3 折寒梅:古人有折梅寄远的雅风。南朝宋陆凯有诗:"折花逢驿使,寄与陇头人。江南无所有,聊寄一枝春。"讲的就是折梅送友。

4 玉关:玉门关,汉时为通往西域的门户,以此泛指西北边塞。

5 羌笛:笛名,出于羌族。"羌笛"句有借笛表达身居边关之感。

定西番

　　细雨晓莺春晚。人似玉，柳如眉。正相思。　　罗幕翠帘初卷。镜中花一枝。肠断塞门消息[1]，雁来稀。

　　本词双调，三十五字。上下片各四句，一仄韵两平韵，平仄错叶。

　　本词写女子相思。

　　上片触景生情。开首一句点明季节与天气状况。

　　晚春时节，细雨如丝，亦浸润了人心。这是个浪漫、易感发的情境。

　　由景而引出人。"人似玉，柳如眉"，形容女子的美好。

　　这位美好的女子在做什么？正相思。点出主旨。

　　下片具体写女子的起居和相思。

　　前两句写女子晨醒而对镜梳妆，"镜中花一枝"是自我比喻，含了矜持、自诩，也流露了顾盼自怜的失落。

　　由镜中自照的美好唤起内心的情感欲求，就直接过渡到了结尾两句的思接边塞。

　　这两句应该是站在心上人角度想象对方的感受。

　　"肠断"极写思念之苦，"雁来稀"写边地辽远，大雁都难以飞抵，间接写女子的绝望，以及相思之苦。

全词脉络清晰，意境恬淡。

1 "肠断"句：肠断，形容思念至极引起的伤痛，就如同肠子断了一样。塞门，泛指边塞。

南歌子

　　手里金鹦鹉[1]，胸前绣凤凰[2]。偷眼暗形相[3]。不如从嫁与[4]，作鸳鸯。

　　本词牌原为唐教坊曲名，有单、双调格式，单调始自温庭筠，温氏有《南歌子》词七首。全词二十三字，五句三平韵。

　　这首词写青年女子甜蜜的爱情幻想。

　　起首两句，有人认为是形容女子，我认为是形容女子眼中倾慕的男子。

　　这个男子手里举着金色的鹦鹉螺酒杯，衣服的前胸上绣着凤凰，简单几笔，勾勒出一个器宇轩昂、有些顽傲但又英气逼人的男子形象。

　　面对眼前男子，女子暗暗打量，发誓要嫁给他。

　　从词意来看，比较直接，也乏蕴藉，主要是通过女子的眼波流动、心意波动，写了她的可爱、娇憨和对美好爱情婚姻生活的憧憬。

　　有评者认为此词具有乐府遗风，大约也是就女子的大胆直率而言吧。

1　手里金鹦鹉：唐刘恂《岭表录异》载："鹦鹉螺，旋尖处屈而朱,如鹦鹉嘴,故以此名。壳上青绿斑,大者可受二升,壳内光莹如云母。装为酒杯,奇而可玩。"则本词中之金鹦鹉应指酒杯。

2 胸前绣凤凰:《唐会要·舆服下》延载元年:"出绣袍以赐文武官三品以上,其袍文仍各有训诫……宰相饰以凤池,尚书饰以对雁。"则本词中男主人公胸前绣的凤凰,应该还暗指官职,虽然不一定像唐代官员服志规定的一样,胸前绣有凤凰之类的一定是指宰相,但在本词中,至少应该指权贵一类。这也就更理解词中女子为何起了"从嫁与"之心了。

3 暗形相:暗中打量。

4 从嫁与:就这样嫁给。

南歌子

似带如丝柳[1]，团酥握雪花[2]。帘卷玉钩斜[3]。九衢尘欲暮[4]，逐香车[5]。

温庭筠《南歌子》七首，首二句皆为对句。此虽没有作为这一词牌的规则明确提出，但自温词之后，即使宋人常用的双调《南歌子》，亦是首二句为对句，如李清照之"天上星河转，人间帘幕垂"。温词这两句的特别还在于其句式结构，为两个名词性词组，十分独特。

本词写男子对女子的追求。

前两句写男子眼中女子之美。女子腰细如柳，肤白胜雪，正是生命绽放、妙不可言的年龄。

下面三句写男子为女子倾倒，不自觉地跟着女子的香车的情景。

"逐"与"暮"写出了痴迷与执着。炽热的情感以委婉的方式写了出来。

全词没有直接出现人或女子，都是以比喻借代的方式，通过物之美来映照女子之美，就如猜谜一样，使人回味，因此全词含蓄蕴藉，有蓄而不发的张力。

1　"似带"句：形容女子的腰肢像柳丝一样纤细苗条。

2　"团酥"句：团酥，形容脸白嫩圆润。握雪花，形容手如雪一样白皙，极写女子的美。

3　玉钩：卷帘用的钩子，也指月牙儿。

4　"九衢"句：九衢，四通八达的道路。尘欲暮，指车马奔腾，扬起的灰尘令天色昏暗，似乎黄昏来临，形容人多繁华。

5　香车：装饰富丽的车，指女子乘坐的车。

河渎神

孤庙对寒潮。西陵风雨萧萧。谢娘惆怅
倚兰桡[1]。泪流玉箸千条[2]。　　暮天愁听思归
乐[3]。早梅香满山郭[4]。回首两情萧索[5]。离魂
何处漂泊[6]。

《河渎神》为唐教坊曲名，双调四十九字，上片四句四平
韵，下片四句四仄韵。

《花庵词选》说唐词多缘题所赋，内容大多与祠庙有关。
本词承原旨，用苏小小事，表达离别之痛。实际上，是谢娘感
苏小小事，悼苏亦自悼。

李贺《苏小小墓》诗云：“幽兰露，如啼眼。无物结同心，
烟花不堪剪。草如茵，松如盖。水为裳，风为佩。油壁车，夕
相待。冷翠烛，劳光彩。西陵下，风吹雨。”

苏小小为南朝齐钱塘名妓，未满二十而殁，其事可感，后
人多有吟咏，就中李贺诗最佳。

实际上，是李贺重新发掘、创造了苏小小之生命，使其被
审美艺术化，亦化作哀感顽艳多情多愁之形象，存在于文人作
品中，永远是二十岁的美丽多情。

本词即沿此传统而作。

　　上片写谢娘凭吊苏小小。前两句化用李贺诗意境,写庙之孤凄。

　　受李诗影响,当你漫步春日西湖,细雨迷濛或风雨潇潇时,怎能不觉到这位钱塘名妓,那如啼之眼,在西泠桥畔,在幽兰之露上,如泣如诉!

　　本词女主人公,或许即受此感发,引发惆怅与如箸的眼泪。

　　悼人者往往兼自悼。

　　不有满心惆怅,何来触处感伤? 下片即揭出女子如此般的心态。

　　乐为思归,愈听愈愁;梅满山郭,已可折而寄远,但离人音讯渺茫,不知寄往何方。

　　所以女子望离人魂魄如夜鹊,能飞来相会,但甚至连离魂都不知漂泊何方,相思至绝望。

　　全词由于承续了李贺诗之意境,使情感凄迷愁绝,极富动人之魅力,是创造之上的创造。

1　"谢娘"句:谢娘,唐代歌姬谢秋娘,后泛指歌姬。兰桡(ráo),兰舟,精美的船。桡,船桨。

2　玉箸:此指眼泪。箸,筷子。

3　思归乐:这里指杜鹃的啼鸣声,据说杜鹃叫声似"不如归去"。

4　山郭:山村。郭,外城。

5　萧索：凄凉，冷落。

6　离魂：指离别之人的魂魄。

女冠子

含娇含笑[1]。宿翠残红窈窕[2]。鬓如蝉。寒玉簪秋水[3]，轻纱卷碧烟。　　雪胸鸾镜里，琪树凤楼前。寄语青娥伴[4]，早求仙[5]。

《女冠子》，唐教坊曲名。此词有小令与长调之分，长调始于柳永，小令始于温庭筠。

本词即为小令，双调四十一字，上片五句两仄两平韵，下片四句两平韵。

本词亦为缘题而赋。

上片前两句以声音和色彩，写出年轻女子的美丽与活泼。

娇与笑，女子的美态；翠与红，妆容的艳丽。窈窕，此处只能理解为美丽，不同于《诗经·关雎》之"窈窕淑女"，也不会有"君子好逑"。

因为温庭筠士行尘杂，笔下所写多为青楼歌妓，而无易安笔下女子之高贵。

如果说前两句刻画了女子的艳丽外貌，则后三句是在此基础上的承。

用了三对比喻，鬓—蝉，寒玉簪—秋水，轻纱—碧烟。

这三组比喻不仅使人事与自然相接，更使女子的衣饰有飘飘欲仙之感,也紧扣了"女冠子"这一词牌意。

　　女冠,女道士也。

　　下片前两句仍用女子的肌肤胜雪、玉树临风、绮楼宫阙渲染其仙风不凡,作为进一步铺垫。

　　结尾两句,点出女冠渴望早日成仙之夙愿,扣紧主题而收束。

　　本词在写法上,借鉴东晋以来道教女仙诗,刻意用华丽外貌、豪华楼阙、迷幻境界、夸张手法,契合道教追求之仙境,又以女子外貌之年轻暗示学仙可长生驻颜。

　　这些都与女子求仙之整体语境非常一致,真是工于造语的行家里手!

1　含娇含笑:指带着娇态,面含微笑。
2　"宿翠"句:宿翠,指隔夜的眉妆。残红,指隔夜的胭脂。宿翠残红指隔夜的眉妆与胭脂已经残了,污腻了。窈窕,美心曰窈,美貌曰窕。
3　寒玉:玉做的晶莹的簪子。
4　青娥:这里指身旁陪伴的女子。
5　早求仙:指早日入道观求长生不老之道。

梦江南

千万恨，恨极在天涯。山月不知心里事，水风空落眼前花[1]。摇曳碧云斜[2]。

唐段安节《乐府杂录》认为，此词牌之词最初乃李德裕为其妾谢秋娘作，故名《谢秋娘》；后白居易更名为《忆江南》，又名《江南好》；刘禹锡词有"春去也，多谢洛城人"，故名《春去也》；温庭筠有"梳洗罢，独倚望江楼"，故又名《望江南》。此外还有《梦江南》《梦江口》《望江梅》等名。

唐词皆为单调二十七字，五句三平韵，至宋始发展为双调五十四字。

单调词正如五七绝，来不得辗转铺垫，需直击主题。本词即如此。

开首以数字"千万"始，与词善写狭深细小情感似乎旨趣大异，并与"恨"结合，使无形之恨成为可计量的载体，但"千万"又是极多、难以数得清的，翻上一层形容恨之无穷。

而"恨"字之去声造成的决绝与有力的感觉，恰好表达了彼时女子无以言明之憾恨，并继而外射为天涯之恨。

前两句如弩张之弓、远射之箭，第三句始稍归平复，视线拉回眼前，叙及女子处境，但一腔嗔怪、懊恼语气。

　　怪山月不知心里事而徘徊不去,怪水与风之无情吹花零落,将女子因爱生恨的心理刻露无遗。

　　而风吹之水流之的眼前花,像极柔弱黯然的女子神态。

　　花落水流之喻,亦令人想起刘禹锡之"花红易衰似郎意,水流无限似侬愁"(《竹枝词》)。

　　水为无形,风为虚幻,花虽在眼,为实,却被无形虚幻之风吹落,前还贯一"空"字,如此空幻,令人触目惊心。

　　天涯、山、月、水、风、云,构成自然界之要素几乎都呼将出来,相思之情可谓惊天地,气魄直逼汉乐府《上邪》:"上邪,我欲与君相知,长命无绝衰。山无棱,江水为竭,冬雷阵阵夏雨雪,天地合,乃敢与君绝。"可谓小词而大意境。

　　只是汉乐府少了本词的绮丽摇曳,这又属体裁方面的限制了。

1　水风:水边的风。
2　"摇曳"句:摇曳,这里指花枝摇动。碧云,碧空中的云。

梦江南

梳洗罢[1]，独倚望江楼[2]。过尽千帆皆不是，斜晖脉脉水悠悠[3]。肠断白蘋洲。

———

全词五句，前两句写女子梳妆后江楼凝望的行为，中间两句是望到的情景，尾句写女子的愁怨。

眼前千帆竞渡，有千条舟就有千个希望，梦想是如此贴近现实，随时有实现的可能，但"皆不是"堵截了所有可能性，直接将人推至绝望的深渊。

"斜晖脉脉"，是女子眼神的延长；"水悠悠"，是女子情思与眼泪的集结。

而"肠断"，则是绝望与隐忍的了结，是悲伤的总爆发。

读至此，女子江楼凝望的画面如剪影，深刻在了蓦然偶遇的人心里。

临水登楼，女子所能抒发的，也只能是这相思了，况且历来男子好作闺音，借女性发抒他们隐忍的情思。

这二十七字，可以看作此类题材的熔铸与极致，许多诗的影子隐约其间。

如"盈盈一水间，脉脉不得语"。

如"昔人已乘黄鹤去，此地空余黄鹤楼。黄鹤一去不复返,白云千载空悠悠。晴川历历汉阳树,芳草萋萋鹦鹉洲。日暮乡关何处是,烟波江上使人愁"等等。

1　梳洗:指梳头、洗脸,女子的梳妆打扮。

2　"独倚"句:独倚,独自倚靠。望江楼,临江的楼。

3　"斜晖"句:斜晖,斜阳。脉脉,此指斜阳默默地照射。悠悠,水悠远貌。

河　传

湖上。闲望。雨萧萧[1]。烟浦花桥路遥[2]。谢娘翠蛾愁不销[3]。终朝[4]。梦魂迷晚潮。荡子天涯归棹远[5]。春已晚。莺语空肠断[6]。若耶溪[7]。溪水西[8]。柳堤[9]。不闻郎马嘶[10]。

《河传》之名，始于隋代，词创自温庭筠，此首双调五十五字，上片七句两仄韵、五平韵，下片七句三仄韵、四平韵。此词可看作是小令向长调的过渡。

本词仍是一首思妇词，意旨与《梦江南》（梳洗罢）大致相同，只是由于篇幅与本词的特点，更多曲意婉转、腾挪跌宕之势。

上片前四句交代女子雨中湖上望远之情态。

前三句本可视为一个七言句，但短短七字三叶韵，便生生将一句破为三句，如此多了幽咽滞涩之感，如昆曲《杜丽娘》的吞吐幽咽，将丝丝袅袅缠绵柔转的情致显影出来。

"烟浦"句乃春日水上雨中之景，却给人一种伊人"宛在水中央"的迷离惝恍。

接下四句正式引出女主人公谢娘及其思念，终朝愁不消，终日愁苦。

下片更深一层集中写盼郎归来的情景。

望水，希望他乘船归来；视线触及柳堤，又望他乘马归来。

情之切，产生迷离幻觉，女子惜春、不愿年华虚掷的心思，可叹可怜。

两字三字错落出现，如碎金，如落英，像极女子零乱的心事，柔弱的叹息，散落一地，而不知如何收拾。

1　萧萧：形容刮风或下雨的样子。

2　烟浦：这里指烟雾迷蒙的渡口。浦，水边或河流入海的地方。江淹《别赋》有"送君南浦，伤如之何"句，一般浦指分别之所。

3　"谢娘"句：谢娘，指词中相思的女子。翠蛾，女子细长弯曲的眉毛。

4　终朝：整天。

5　"荡子"句：荡子，离别在外的游子。《古诗十九首》有"荡子行不归，空床难独守"。棹（zhào），桨，代指船。

6　肠断：形容伤心至极。

7　若耶溪：溪水名，在今浙江省绍兴市若耶山下，传说当年西施曾在此浣纱。

8　溪水西：指在若耶溪溪水之西。

9　柳堤：长满柳树的堤岸。

10　马嘶（sī）：马叫。

韦庄词

浣溪沙

清晓妆成寒食天[1]。柳球斜袅间花钿[2]。卷帘直出画堂前。　　指点牡丹初绽朵[3]，日高犹自凭朱栏。含颦不语恨春残[4]。

此写女子的春恨。

首句点出时间，乃寒食节。

写女子晨起梳妆，"清"字定下清雅淡然基调，也属韦庄词的基本风格。

次句写女子头上之装饰，从柳球之柔软绒毛以及斜曳袅娜，间写出女子的轻盈婀娜，三句"直"言明女子的关切。

让她急切关注的到底是什么？下片具体写来。

"指点"二字无理而妙，牡丹开放，难道得经由女子的允许？岂非如武则天，霸气地命牡丹"花须连夜发，莫待晓风吹"？此二字实透露出她对牡丹的关切超出常人。

牡丹绽放，春日即去，指点牡丹，实即惜春留春。

爱极生嗔，骄蛮无理，是年轻女子的专利。此性情，有"日高犹自凭朱栏"的行为就不足为奇了。

末句扣题而收束，"含颦不语恨春残"，典型的少女惜春图。

　　女子到底所恨何来？没有细说，无须深究，但整首词在恬淡无为、不动声色中，刻画了少女的春恨。

　　温庭筠笔下的女子精金美玉，严妆刻饰，而韦庄笔下的女子，如秋水，云淡风轻的韵致，令人更生怜爱。

1　"清晓"句：清晓，清晨。寒食，寒食节，在农历冬至后一百零五日，清明节前一二日。

2　"柳球"句：柳球，女子头上的一种装饰。袅，摇曳。间（jiàn），间隔，隔开。花钿（tián），装饰有花形的头饰。

3　初绽朵：指牡丹花刚刚开放。绽，裂开，开放。

4　含颦（pín）：含愁皱眉的样子。颦，皱眉。

浣溪沙

夜夜相思更漏残[1]。伤心明月凭栏干。想君思我锦衾寒。　　咫尺画堂深似海，忆来唯把旧书看[2]。几时携手入长安[3]。

——　沈雄《古今词话》载，韦庄为蜀王所羁，庄有爱姬，姿色绝美，兼工词翰，蜀王以故夺之，庄追思郁悒。

传《浣溪沙》《荷叶杯》即为爱姬作。

词写相思，情深意切。

"夜夜相思"，即无夜不思，作者的生活被思念充溢，无暇他顾。

下句衔接紧密，因为夜夜犯相思，故每夜得睹明月芳颜，"凭栏干"勾画出孤独剪影。

情之至切，无以排遣，故自我安慰，想象着女子此刻亦在思念、关心着自己，伤心人伤心语也。

上片写夜不能寐，下片写白日状态。

清醒时生恨自己与爱人被人为分开，虽近在咫尺却不能相见。

"深似海"暗示爱姬被蜀王强占。流寓西蜀的韦庄，表面虽为官，实则一介文人，无力改变现状，只有捧读旧书麻痹度日。

"旧"不仅是对与爱姬往日生活的忆念,也是对昔日身为唐朝子民的怀念,思归之情暗涌。

如此,自然引出结尾一句。

"几时携手入长安",梦语也。

爱姬被夺,与谁携手?

长安失陷,国已不国,归去何处?

虽然作者为长安杜陵人,即便归去,物是人非,又有何眷恋?

但在蜀地,更为过客,且有如此伤心事,不归又如何受得煎熬?

从这一愿望中,却可反观出爱姬在作者心中的地位。

词为艳科,尤其初期,多为宴间侑酒歌唱之资,所以艳冶繁华有余,而端正之情不足。

但本词字里行间,却弥现真挚深厚情感,没有逢场作戏之狎昵与轻浮。由于认真,故更感人。

1　更漏:又叫刻漏、漏壶,是古代用来夜间计时的器具。更漏残,表示夜深,接近拂晓。

2　旧书:一说是旧日的书信。

3　几时:何时。

菩萨蛮

红楼别夜堪惆怅。香灯半卷流苏帐[1]。残月出门时。美人和泪辞。　　琵琶金翠羽。弦上黄莺语[2]。劝我早归家。绿窗人似花[3]。

此词表达了男子的相思。

西晋张华善写情诗，被钟嵘评为"儿女情多，风云气少"。

历来善写情诗者，总不免给人英雄气短之感。

温、韦词相较，温词更像女儿词，缘于作者全篇皆以女子身份、视角入词，纤徐婉转，此类词几乎占温词的全部。

韦词则多以男性身份入手，大胆诚挚地表达自己的爱恋，其勇气可嘉，其率真易感。

上片写离别，下片写相思；上片为忆旧，下片为言今。

上片前两句写闺房别景。红楼，楼美，旁衬要别之人美。直呼"惆怅"，可见不舍，可感眷恋。

"香灯"句为别时回眸闺中之景。灯为照明，何来香味？此香，固为闺中之焚香，亦为女子给词人之总体感觉。

帐为流苏帐，暗接美好奢华；帐而半卷，颇露女子之不舍与男子之留恋。

而香灯半卷流苏帐，又给寓目者以人去楼空之空旷感和凄凉寂寞感。此句虽为白描,而意境、情谊全出,画面感十足。

下两句移景至室外。

月残有两意:一为即将破晓,月将隐去而显残;一为正值月末或月初,月自然残。

但无论如何,更是别人心中之残,写尽别意。

美人送别,已够楚楚,何况美人泪下?

下片写别后生活。

漂泊在外,亦有歌吹管弦之生活,亦有如花美眷之人儿,但都无一例外地成为心上人之幻影。

也听琵琶,也见鲜衣美饰,但都幻化作闺中人之影,闺中人之语。

此处词人借女子口吻,说出女子希望他早日归家,怜惜美好容颜;实即词人自造之语,是词人无法忍受分离,而生早日归家之意。

"绿窗人似花",是词人想象闺中人模样。

得有多么美,才似花;得有多么大的抵抗力,才能拒绝亲近绿窗里似花的人儿?

总之,由于深情,故词人将如花的女子置身红楼绿窗中,令词人情难自已。

词中那美丽的色彩,楼的红,羽的金翠,莺的黄,窗的绿,是词人心中的美好,也是爱情的附丽,它们共同再创出超于现实之上的美丽,发酵了词人的情感、闺中人的美,带人们走进了水晶琉璃世界,这些美只属于那里的世界。

1　流苏帐:装饰有流苏的床帐。流苏,以五彩丝线做成的下垂的穗状装饰物。

2　弦上黄莺语:形容琵琶弹奏出的声音就像黄莺在说话。

3　人似花:比喻人如花一样漂亮,此指词人思念的女子。

菩萨蛮

人人尽说江南好。游人只合江南老[1]。春水碧于天。画船听雨眠。　炉边人似月[2]。皓腕凝双雪[3]。未老莫还乡。还乡须断肠[4]。

——

这是一首吟诵江南的好词。

以江南为题材的词,唐代有白居易的《忆江南》三首:

> 江南好,风景旧曾谙。日出江花红胜火,春来江水绿如蓝。能不忆江南?

> 江南忆,最忆是杭州。山寺月中寻桂子,郡亭枕上看潮头。何日更重游?

> 江南忆,其次忆吴宫。吴酒一杯春竹叶,吴娃双舞醉芙蓉。早晚复相逢。

韦庄此词开首即言"人人尽说江南好",似有此铺垫在内,且全词布局,写春水,写女子,亦是步趋白词。

上片前两句议论江南之好,突出游人身份。后两句写江南自然风景之美,围绕水做文章。

下片前两句写江南人之美,以"人似月"赞美当炉卖酒女子,并赞其皮肤白皙。何以形容皓腕,也与女子卖酒之特定身份与动作相关。

"人似月"的比喻,亦如"人似花",是最朦胧的美的想象了。

末尾两句,表达对江南的留恋,以及想象着离开江南的忧伤。

词中对于江南美景与人物的描写,堪称绝唱。而首尾有关江南直抒胸臆的渲染,侧面衬托出江南之美的无与伦比。

词这种体裁对江南盛赞的传统,就这样经过文人彩笔的点染而延续,直至柳永《望海潮》(东南形胜)的出现,而形成另一个经典。

1　只合:只适合,只应。

2　"垆边"句:垆,古代卖酒的地方安放酒坛的土台子。这句暗用卓文君当垆卖酒的典故。人似月,形容女子美好。

3　"皓腕"句:形容女子皮肤白皙。皓,白。

4　须:应。

菩萨蛮

如今却忆江南乐[1]。当时年少春衫薄。骑马倚斜桥。满楼红袖招[2]。　翠屏金屈曲[3]。醉入花丛宿[4]。此度见花枝[5]。白头誓不归。

此首接上一首"人人尽说江南好",集中忆"江南乐"。

上片忆旧,名为忆江南乐,实是缅祭自己的青春。

"当时年少春衫薄",说尽了少年男子无敌的青春魅力。衫本无美感,修饰之以"春",即成为艺术审美的抒发,不仅仅指季节,更指与春天、青春和清新美好有关的一切想象。

"薄"不仅指衣薄,更是形容年轻人身型瘦削苗条,是青春年少的象征。

一句话,正是大好年华。

下面两句"骑马倚斜桥,满楼红袖招",写出当年的得意,乃本词词眼。

下片前两句写青楼买醉的生活,颇似杜牧的"十年一觉扬州梦"。

末句发誓头白不归,是对江南最好的表白,也算点题。

1　却忆:却在回忆。

2　红袖：指红袖的女子，即青楼歌女。

3　金屈曲：屏风上折叠的环钮、搭扣等铜饰件。

4　"醉入"句：表示醉眠青楼。花丛，美人聚集的地方，指歌馆青楼。

5　"此度"句：此度，此次，这次。花枝，指美女，或美丽的歌女。

菩萨蛮

洛阳城里春光好。洛阳才子他乡老。柳暗魏王堤[1]。此时心转迷[2]。　　桃花春水渌[3]。水上鸳鸯浴[4]。凝恨对残晖[5]。忆君君不知。

———

词写忆旧与乡思。

开头两句两次提到洛阳,用重复加强印象,表明洛阳之重要,亦表明词人身居洛阳,也可谓避乱他乡。

有此身世与心事,故难免有触处凄凉之感,所以在大好春光里,心中泛起的是他乡老去的失落。

承以写景。

柳暗表明春已深,柳枝飘拂,掩抑了魏王堤上之路。树木勃郁,春意浓厚,爱叹之余心中不免转为黯淡,此乃"暗"之又一意,故自然引出"心转迷"。

这迷不仅因春景,更因心中本就有的积淀。写景亦在写人。

过片承上而仍写春景。

桃花春水,红绿相衬,明媚清新;鸳鸯双双游戏,温婉可人,更增暖意。

单写上述美景，娱心动人，可词人心中惆怅又无法按捺，终于一转而不可收拾。

对残晖而凝恨，这一无理之行为，非理性状态，皆因结句——忆君君不知。

君为何人？难以坐实，可解为一切牵挂之人。

词中频见对比，城与人之对比，美好春光与沧桑心态之对比，皆因词人避乱之身世而致的特别心态。

吴蘅照说"韦相清空善转"（《莲子居词话》），此词是有其特定心理背景的。

而对洛阳的情感与抒写，亦或是受了刘希夷的影响。

刘在《代悲白头翁》里说："洛阳城东桃李花，飞来飞去落谁家。洛阳女儿惜颜色，坐见落花长叹息。"

只不过刘诗以洛阳女儿红颜易老起兴，最终表达头白失意之感，而韦庄将家国之思、思乡之愁融入其中，为词这种柔媚明丽的体裁泼入浓重一笔。

亦如《春江花月夜》，在齐梁绮靡的风格之上注入少年的浪漫忧伤和对宇宙的思考与想象一样，软媚中注入筋骨，浓淡相宜，相互映发，而彰显真正的灿烂。

1　魏王堤：即魏王池，洛阳名胜，因唐太宗贞观年间赐予魏王泰而得名。

2 迷：凄迷。

3 渌（lù）：形容水清澈的样子。

4 鸳鸯浴：鸳鸯游水嬉戏。

5 "凝恨"句：凝恨，愁恨凝结的意思。残晖，残阳。

归国遥

　　春欲暮[1]。满地落花红带雨[2]。惆怅玉笼鹦鹉[3]。单栖无伴侣[4]。　　南望去程何许[5]。问花花不语。早晚得同归去[6]。恨无双翠羽[7]。

———

　　词写女子之春怨。

　　首句以"春欲暮"下笔，不仅交代时间，更可感觉到女主人心中的在意与焦虑，她不愿美好春天就此流逝，更进一层，她是为美好春日无人陪伴而深感遗憾。仅三字，却意味深长。

　　下一句承上而具写暮春之景：落花满地，伤感缤纷，落花被雨打湿，更显凄楚，它们是离人泪，是女子零乱得无法收拾的心事。

　　下两句写鹦鹉被关在玉笼中，单栖而无伴侣。

　　春景仅限于此吗？

　　落花与笼中之鹦鹉，并无必然联系，笼中鹦鹉独栖乃自然而然之事，偏偏它闯入女子眼中，成为春景之代言，皆因它像极女子处境，人鸟同命，写鸟也就是写人。

　　下片写女子极目望远，问"去程何许"是牵挂，亦流露远去追寻之意。

此问不问人，不问鸟，而问不会有任何反应之花，得到的当然是沉默。沉默而显无情，亦增女子伤感。

结尾两句与词牌颇契合，婉述归程遥远之旨。

翠羽，一说青鸟，爱情之信鸟。

女子打算与春一起归去，但由于无青鸟传信，此念终又被迫打消。

而女子要远去追寻什么？

初看似寻意中人，细味又似在寻春之遥踪。

究竟春归何处？

此或许是女子迷惑处，亦是她对春的极度惋惜与依恋。

词为诗余，不仅体小而轻，更在其言情之要眇婉转与表达之摇曳唯美，因此，从思想深度而言无可取之词，却时有引人共鸣之动人情语。

如本词之"问花花不语"，后欧阳修《蝶恋花》之"泪眼问花花不语"，即由此而来。

另，本词隐约有《楚辞》美人香草之手法，亦须体味。

1　春欲暮：春已深，指暮春时节。

2　红带雨：落花带着春雨。

3　玉笼：指精美的鸟笼。

4　单栖：单独居处。

5　何许：何处，哪里。何，什么。许，地方。

6　早晚：哪一天，何时。

7　翠羽：一说指青鸟，神话传说中为西王母传信之鸟。

归国遥

金翡翠[1]。为我南飞传我意。卷画桥边春水[2]。几年花下醉。　　别后只知相愧[3]。泪珠难远寄。罗幕绣帏鸳被[4]。旧欢如梦里。

本词与上一首一样，双调四十三字，上下片各四句，四仄韵。

词写男子相思。

开头两句立意不凡。托翡翠鸟传达相思之意，可见阻隔，亦见意诚。

下两句写别前的旧日时光。在彩桥边，在春水畔，词人与女子度过了几年美好时光。

过片写别后词人的心境与感受。只知惭愧，相思流泪，是词人对那段情感的无法割舍，故引出结尾两句。

当时共度的时光，那种温馨的闺房情景和欢乐，就像在梦中。

因为无法重现，所以如梦中；因为像梦，故更感伤心。

"旧欢如梦里"，情语也。

1　金翡翠：金色的翡翠鸟。

2　罨（yǎn）画：彩画。

3　愧：惭愧。

4　"罗幕"句：罗幕，丝罗帐幕。绣帏，锦绣的帷帐。鸳被，绣有鸳鸯的锦被。

归国遥

春欲晚。戏蝶游蜂花烂漫。日落谢家池馆¹。柳丝金缕断²。　　睡觉绿鬟风乱³。画屏云雨散⁴。闲倚博山长叹⁵。泪流沾皓腕。

———

词写女子相思。

首句点出时间，是在暮春时节。

"戏蝶"句描写出春天的热闹景象，蝴蝶嬉戏，蜜蜂飞舞，鲜花烂漫。

热闹春景衬托出女子之孤独，蝶飞蜂舞花开之忙，衬托出女子起居之闲。

"日落谢家池馆"，勾勒出夕阳照射的女子所居，更显落寞。金缕，喻柳丝，柳丝断，暗写折柳送别，如今独栖。

下片景移室内。

"睡觉"句形容女子妆容憔悴，无心打理；"画屏"句委婉写出男女欢情已不再。

末尾两句写女子茕立叹息，泪落如雨，极言相思。

全篇思致婉转，所谓"熏香掬艳，眩目醉心"。

———

1　谢家池馆：即谢娘家，泛指歌楼妓馆。

2　金缕：金丝、金线，此处比喻初春的柳枝细黄如金丝线一般。

3　风乱：被风吹乱。

4　云雨：指男女欢会。

5　博山：博山炉，香炉名。

应天长

　　绿槐阴里黄莺语。深院无人春昼午。画帘垂，金凤舞[1]。寂寞绣屏香一炷。　　碧天云[2]，无定处。空有梦魂来去。夜夜绿窗风雨。断肠君信否。

───

　　此词调有小令、有慢词。小令始自韦庄，双调五十字，上下片各五句、四仄韵。

　　词写闺思。

　　上片写景，情随景出。

　　首句从听觉入手，写黄莺在浓密的槐阴里鸣叫，"阴"字衬出槐树之茂盛，也从侧面写出莺声之隐约幽深，勾勒出春深与寂静。

　　下句落眼在庭院，并点明时间。时为春日午后，引出春日午睡；院中无人，更显静谧。

　　随后景移入室，仍未见人。

　　画帘低垂，帘上所绣金凤随帘飘动，如在飞舞。室内绣屏屈曲，香烟轻袅。

　　四句全在写景，但女子寂寞慵懒之神情毕现。

　　下片仍然写景，景由室内转为天上。

碧云飘飞无定处,实是思念之人居无定所。

无定所,故牵挂;因牵挂,而入梦。

梦魂在女子与男子之间往返,实是梦中男子频现。"空"字写出清醒时的失落无着,透露绝望。

结尾两句意犹未尽。"夜夜绿窗风雨",表面为夜夜绿窗下愁听风雨,实是女子夜夜哭泣,内心经受着风雨般煎熬。

在此铺垫下,突翻一问:"断肠君信否?"

我的肠子因愁苦思念都寸磔而断了,你信不信?

这是全篇压抑隐忍情绪的爆发。

写思念之痛,却不明言,而是描景,而是点染,而是酝酿,而是压抑,像幽咽的泉流,似弦弦掩抑的琵琶声。

词家说的"清空善转"、"运密入疏,寓浓于淡",都可从此词中很好地体会到。

1　金凤舞:帘上画金凤,风吹而舞。

2　碧天云:这句比喻远行人行踪不定。

应天长

　　别来半岁音书绝。一寸离肠千万结[1]。难相见，易相别。又是玉楼花似雪[2]。　　暗相思，无处说。惆怅夜来烟月。想得此时情切。泪沾红袖黦[3]。

———

　　词写离愁。

　　开首即直抒胸臆，表明别后音书断绝的焦虑。

　　次句写由此带来的愁绝。以断肠言愁苦，古诗词之传统。一寸离肠千万结，那得纠结到什么程度、愁到什么程度！

　　三句写相见难相别易，反用李商隐"相见时难别亦难，东风无力百花残"意。

　　"花似雪"句为男主人公想象之景。玉楼花似雪，大约是梨花盛开，正是大好时光，却无法相聚共度，故憾恨，故惋惜。

　　下片前两句仍写别后相思。

　　"暗相思"，相思之隐忍，心更苦；无人诉说，更显孤独，愁苦也更深。

　　"烟月"句表现男主人公对相思的排遣，他只能夜半无人对月发呆，把己之一腔思念诉诸明月——爱得孤单落寞。

　　结尾两句为男子想象之情景。"泪沾"句极为形象。

王勃有"儿女共沾巾",写朋友临歧而泪别,此处"泪沾红袖黦",则全是女儿情态。

韦庄对"红袖"情有独钟,另有"满楼红袖招"句。

朱淑真有"泪湿春衫袖"句,可与此句媲美。

———

1　一寸离肠千万结:表示愁苦之甚。

2　又是玉楼花似雪:表示花开得繁盛茂密。

3　黦(yuè):黄黑色,此指泪痕在衣服上留下的斑迹。

荷叶杯

　　绝代佳人难得[1]。倾国[2]。花下见无期。一双愁黛远山眉[3]。不忍更思惟[4]。　　闲掩翠屏金凤。残梦。罗幕画堂空。碧天无路信难通。惆怅旧房栊[5]。

　　《荷叶杯》为唐教坊曲名,有单、双调,单调有温庭筠、顾敻二体,双调只有韦庄一体。

　　五十字,上下片各五句,两仄韵、三平韵,平仄错叶。

　　词写相思之苦。

　　开首写女子的美貌,不是一般的美,而是绝代佳人,可见其美;后面接以"难得",见其对女子的珍惜。下一句"倾国",更进一步写女子之美,具有倾人国的魅力。

　　三句忽转,说是无法花下相见,"无期",永远也。美而永不得见,伤感到家。

　　接着再写女子的神态,着意写她的眉,如远山,似愁黛,愁苦而凄楚。如此,词人直呼"不忍更思惟",思念难以自拔。

　　下片想象女子闺中相思。

　　首句"闲"字,写出女子的无聊。

　　"残梦",梦美而醒,故曰残;又有梦中与情人相会、醒而感觉残缺之意。

"罗幕"句,虽然身居罗幕画堂,但难去身空心空之感。

"碧天"句更言与爱人阻隔之痛,即使书信也难以相通。

结句"惆怅旧房栊",一个"旧"字,写出两人的旧情难忘,无论是男还是女,无论徘徊在男子的书房还是女子的闺房。

此词极为凄苦动人,字字见真情。

陈廷焯《白雨斋词话》评"不忍更思惟"五字:"凄然欲绝。姬独何心,能不断肠乎!"

而"凄然欲绝"的,又岂止这五字!

1　绝代佳人:典出《汉书·外戚传》,李延年歌曰:"北方有佳人,绝世而独立,一顾倾人城,再顾倾人国。"故以绝代佳人代指美貌绝伦的女子。

2　倾国:典故来源见上,形容女子貌美无匹。

3　"一双"句:愁黛,指愁眉。唐吴融有"愁黛不开山浅浅,离心长在草萋萋"(《玉女庙》)句。远山眉,形容眉毛细长舒展如远山。典出《西京杂记》:"文君姣好,眉色如望远山。"

4　思惟:同"思维",思量。

5　房栊(lóng):窗户。

荷叶杯

　　记得那年花下。深夜。初识谢娘时[1]。水堂西面画帘垂[2]。携手暗相期[3]。　　惆怅晓莺残月。相别。从此隔音尘[4]。如今俱是异乡人。相见更无因[5]。

———

　　词写相思。

　　上片忆旧。

　　首句"记得""那年",将两人情事推向遥远的过去,"花下"相遇,暗显浪漫。下句"深夜",更明相会不凡。

　　三句写这次深夜花下相会是两人初次相识时。初相识而深夜约会,所有因素都指向浪漫与迷乱。

　　四句写约会地点,水堂西面,画帘四垂,就连环境都是那么优雅,更显此次约会印象之深,令人难忘。五句写两人约会情景。

　　"携手",可见心心相印的纯情,"暗相期",可见当时两人对未来的美好憧憬与期盼。

　　下片写别后词人的思念。

　　首句开头即言"惆怅",为下片定下基调,也是词人别后的总体感受。

　　晓莺自鸣，人自休息，两不相干。人闻晓莺鸣叫，则人在失眠。天将晓而月稀，本也属自然，见月稀伤怀而曰"残"，可见心情之低落。

　　下句"相别"，表明此情绪是在相别之时或之后。一别成永恒，故有"从此隔音尘"之伤叹。

　　揆之，本为偶遇不伦之恋，没有固定关联，别后人如飘蓬，"隔音尘"是必然。即便如此，词人仍无法忘怀，愁肠百转，故而形诸文字。

　　结尾两句表明身处两地、相见无因的怅惘，身不由己，情不得已，伤心语也。

　　也许正因为短暂而美好，故令人难以忘怀成永恒，世间情感，大都如此，在人未老情未旧时别离，心中虽痛，但美好永存。

　　韦庄这首词给我们的，或许就是这样的感悟吧！

　　"留连光景，惆怅自怜"（刘熙载语），韦庄以此击中了多少人的心啊！

1　谢娘：典故见前，泛指女子，或歌妓。
2　水堂：近水的厅堂。
3　相期：相约。
4　隔音尘：是指音讯断绝。音尘，音信，消息。
5　因：理由，缘由。

清平乐

春愁南陌。故国音书隔。细雨霏霏梨花白[1]。燕拂画帘金额[2]。　　尽日相望王孙[3]。尘满衣上泪痕。谁向桥边吹笛，驻马西望销魂[4]。

———

此词写对故国的思恋。

此时词人避乱离开长安，晚唐政局岌岌可危，有家而不能回，有国而不能报，所以有此抒写。

杜甫的"国破山河在，城春草木深。感时花溅泪，恨别鸟惊心"，大约可以比拟此时词人的心态。

上片首句点出时地情，时为春天，地为南陌，人在犯着春愁。

下句具写愁因，原来是因为与故国亲人失去了联系，音书断绝。

下面两句写词人眼前所见。此刻春雨细密地下着，梨花经春雨的清洗，更显洁白，雨中的燕子低飞而过，它们的身影掠过描金的帘额，翻飞而去。非常美的南方春景图。而这静美的画面，兀自无法排解词人的心事。

过片两句直言思乡。尽日相望的不是别人，而是词人自己。

韦庄为韦应物的四世孙，他以王孙自比，是一种自许，也是暗用《楚辞》"王孙游兮不归，春草生兮萋萋"的典故。

"尘满"写尽沧桑，男子而衣沾泪痕，已至伤心，泪痕不干，又染尘土，则沉沦之至，颇有屈原江畔行吟憔悴之意味。

结尾两句写骑马桥边，闻笛而西望销魂之情景。

笛为思乡之媒介，古人往往闻笛而起乡思，如李白之"笛中闻折柳，春色未曾看"（《塞下曲》），王昌龄之"横笛怨江月，扁舟何处寻。声长楚山外，曲绕胡关深。相去万余里，遥传此夜心"（《江上闻笛》）。故词人敏感的心怎能不闻笛而销魂落魄？

同为桥边骑马，此时的词人，不再类似"骑马倚斜桥，满楼红袖招"的风流公子了，但词中却自有一种风流体现。

周济云："端己词清艳绝伦，初日芙蓉春月柳，使人想见风度。"（《介存斋论词杂著》）则真是体味到了韦庄的丰神蕴藉。

1　霏霏：雨雪繁盛的样子。
2　"燕拂"句：拂，掠过。金额，有金线装饰的绣帘的帘额。
3　王孙：一般指贵族子弟，典出《楚辞·招隐士》之"王孙游兮不归，春草生兮萋萋"，此处是作者自指。
4　销魂：悲伤愁苦的样子。

清平乐

野花芳草。寂寞关山道[1]。柳吐金丝莺语早[2]。惆怅香闺暗老。　　罗带悔结同心[3]。独凭朱栏思深[4]。梦觉半床斜月[5]，小窗风触鸣琴。

双调四十六字，上片四句四仄韵，下片四句三平韵。

词写闺思。

上片首句点出时间，正值春日，次句言明地点，男子行役在关山道上，令人想起《诗经·周南·卷耳》的"嗟我怀人，寘彼周行"。

以下皆为男子想象中的女子生活情景。柳吐金丝，春意渐浓；莺语早，颇含懊恼。"惆怅"句写女子闺中年华虚度、红颜暗老的惆怅。

由于他者身份，故在为女子代言时，难免有些视角或语言混乱。此句中"香闺"如若唤作"闺中"，就更像闺中女子的自怜了。

下片四句接着写女子的闺愁。

前两句写女子白日的行为和心思。穿衣系带打同心结时，悔恨自己当初与关山道中人儿的倾心相许，侧写真情不渝,所以独自凭栏时,思念也更深入骨髓。

　　结尾两句写夜半梦醒的凄凉,半床斜月,更显孤单,风透过小窗吹琴而鸣,分明是内心在哀鸣。

　　此词初看与其他闺思词无二样,但却处处能感受到词人的寄托与高格,也因此,词中女子与一般的红袖、谢娘不同,有了一种风人之致,有了一种寄寓。

　　前人说韦庄词"骨秀",那真是骨子里的高贵与魅力,无关风月。

1　关山:古称陇山,又名陇坻、陇坂、陇首,在今甘肃省天水市张家川回族自治县境内,为明代以前连接亚、欧的陆路纽带,此处指边远地区。

2　柳吐金丝:指柳树抽枝。

3　罗带悔结同心:衣带打成连环回文结,称为同心结。

4　凭:靠。

5　梦觉:梦醒。

清平乐

何处游女[1]。蜀国多云雨[2]。云解有情花解语。窣地绣罗金缕[3]。 妆成不整金钿[4]。含羞待月秋千。住在绿槐阴里，门临春水桥边。

———

词写蜀地女子之美。

词人于唐乾宁四年（897）花甲之年后入蜀，此词应写于词人在蜀期间。

上片写相遇。

开首"何处游女"，写与女子的相遇，暗含惊讶，也暗含女子的不可接近。

次句突转，"蜀国多云雨"，明言蜀地天气，实即由女子而起男女相欢之思，是不可求而求之。

三句复转而言女。"云解"句反用"解语花"典故。四句写女子的金缕衣垂地，窸窸窣窣，身形婀娜。

下片写女子生活情态。

娇憨爱热闹的女子，妆扮后顾不得整理头上金钿，含羞在月下，等待荡秋千。此之待月，又令人想起元稹之"待月西厢下，迎风户半开"之半推半就。

寒食前后,荡秋千是女子的玩乐项目,只是,令女子"含羞待月"者为何人呢?

结尾两句写女子居住在春水桥边、绿槐阴里,一个美好的居所,紧扣偶遇主题。

化用唐诗入词,在韦庄这里极为普遍,借用大家熟知之诗,韦庄将此词写得隐约蕴藉,似露实藏,与女子娇柔而含羞的情态恰好一致。

1 游女:此指外出游玩之女。《诗经·周南·汉广》有"南有乔木,不可休思。汉有游女,不可求思"之句。

2 云雨:一指自然现象,言四川一带多云雨天气;一指男女间的欢情,典出宋玉《高唐赋序》。

3 "窣(sū)地"句:窣地,裙垂及地。窣,下垂貌。绣罗金缕,绣有金线的罗衣。

4 金钿:镶嵌有金花的首饰。

清平乐

莺啼残月。绣阁香灯灭[1]。门外马嘶郎欲别[2]。正是落花时节。   妆成不画蛾眉。含愁独倚金扉[3]。去路香尘莫扫[4]，扫即郎去归迟。

———

词写女子的别愁。

上片写离别。

首句点明离别时间，莺啼残月，表示天将晓。

次句闺房灯灭，也指天明时分灯灭，更有心上人远去，犹如心中一盏灯熄灭一样。言景而情自现。

三句写门外马嘶，心上人即将上马离去的场景如在目前。

四句宕开一笔，说眼前景。"正是落花时节"，双重的悲凉。

落花，去势也，本易令人伤感，况又正值分别。

杜甫有"落花时节又逢君"（《江南逢李龟年》）句，显然比此词落花时节与心上人分别，心里要好受得多。

下片写别后。

无心梳洗打扮，懒画蛾眉，成天倚门愁苦，一副消极状态。

末两句伤心语也。借香尘不扫，祈望心上人早日归来，思念已内化至唯心程度,足见无奈,更见痴情。

于无理之处,正见用情之专之深。

莺,月,阁,灯,马,郎,花,眉,扉,路,尘,意象纷披,兼以双音词中的修饰语,使意象唯美,画面感极强,人在不知不觉中颇受感染。

1　绣阁:绣房,女子的闺房。

2　马嘶:马鸣叫。

3　金扉:描金的门,比喻居处华贵。

4　香尘:芳香之尘,此指男子步履产生之尘。

望远行

　　欲别无言倚画屏[1]。含恨暗伤情。谢家庭树锦鸡鸣[2]。残月落边城。　　人欲别，马频嘶。绿槐千里长堤。出门芳草路萋萋[3]。云雨别来易东西[4]。不忍别君后，却入旧香闺。

　　《望远行》，唐教坊曲名，令词始自韦庄，双调六十字，上片四句四平韵，下片七句五平韵。

　　词写别愁。

　　上片前两句写别前情景。男子倚立画屏而无言，却是暗自含恨伤情。写出惜别。

　　下两句镜头转至室外，此刻女子家的公鸡鸣叫了，催人出发；月光渐稀，它同样照着男子要去的边城。

　　这是双方都在看与都在想之景，活现透过泪眼相看的情形。

　　下片前两句写分别在即，马在外嘶鸣。

　　三句写离人沿着满是槐树的千里长堤骑马而逝，渐行渐远。

　　"出门"句虽是实写路边之草，但暗含不舍之情，亦含"意恐迟迟归"之意。

萋萋,令人想起《楚辞》中之"王孙游兮不归,春草生兮萋萋",也令人想起白居易的"又送王孙去,萋萋满别情",皆是惜别盼归之意。

末两句写女子别后不忍回香闺,怕触景伤情,不能自已。虽然意思表达简单,但非有亲身体验者不能言之,故情真。

1　画屏：绘有图画的屏风。

2　谢家：此指闺房。

3　萋萋：草木茂盛状。

4　云雨：此指男女云雨之欢。

谒金门

春漏促[1]。金烬暗挑残烛[2]。一夜帘前风撼竹[3]。梦魂相断续。　　有个娇娆如玉[4]。夜夜绣屏孤宿[5]。闲抱琵琶寻旧曲[6]。远山眉黛绿[7]。

《谒金门》,唐教坊曲名,双调四十五字,上下片各四句,四仄韵。

词写闺愁。全篇皆写夜不能寐。

上片首句从声音入手,写春日漏声急促,实是女子内心焦虑不平静。

"金烬"句写蜡烛烧残,仍挑烛使明,间写女子无法入睡。

三句写夜间室外情景,仍以声音来写,符合夜间特定情景。夜中有风来,吹动了帘外的竹子,也可理解为吹动竹帘。

"撼"字,风大也,此又失眠之明证。

"梦魂相断续",说明时醒时梦,无法做一个完整的美梦,这当然不仅因为帘前风撼竹,更因心中有事,真是心事儇褰(jiǎn)呀!

上片写景,人随景出,以景衬人。

过片两句直接写人。首句先写女子外貌,"有个娇娆如玉"。韦庄以玉来形容女子,则女子必有我们形容不出的纯洁动人之质。

　　次句写女子夜夜独宿。"孤"字,透露出女子的孤单。此可谓词眼,女子的夜不能寐及其愁绪,恐怕都是由此引起。

　　对于失眠,男子可以"夜中不能寐,起坐弹鸣琴"(阮籍《咏怀八十二首》),可以"昼短苦夜长,何不秉烛游"(《古诗十九首》),也可以"检书烧烛短,看剑引杯长"(杜甫《夜宴左氏庄》);而女子呢,多数只有挑烛垂泪。

　　词中女子有才艺,还可以闲抱琵琶寻旧曲,也可算作一种寄托,或曰转移注意力的方式吧。

　　只是,结句又回到老套式上——远山眉黛绿,仍是紧锁愁眉……

　　全词未写令女子忧愁者具体为何人,而是抒写一种春愁情绪。也许正因为没有具体思念者,才使女子愁而有节,不致有凄怆之感,而只是停留在一种情绪上,有淡淡的美,淡淡的愁,但是心中的那种偃蹇、煎熬与多情,却是异常深刻动人。

　　本词八句,句句押韵。韵脚密,本就给人喘不过气之感觉,况且押的是入声。入声短截气促,气流不畅,像极女子哽咽掩抑之情绪。

1　春漏促:春日夜晚漏声急促。

2　烬（jìn）:灯烛燃烧后留下的灰烬。

3　撼（hàn）:摇动,此指吹动。

4　"有个"句:娇娆如玉,这里指美丽柔媚的女子。如玉,像玉一样,对人的极高赞美。《诗经·秦风·小戎》云:"言念君子,温其如玉。在其板屋,乱我心曲。"形容男子如温润的美玉。

5　绣屏:用丝绸做的绣有图案的屏风。

6　闲抱:闲闲地抱着,表示动作放松慵懒。

7　远山眉黛绿:像远山一样的眉黛翠绿。

谒金门

空相忆[1]。无计得传消息[2]。天上嫦娥人不识。寄书何处觅[3]。　　新睡觉来无力[4]。不忍把伊书迹[5]。满院落花春寂寂。断肠芳草碧。

此词牌因韦庄此词起句，又名《空相忆》，但韦庄此词为正体，后孙光宪、周必大词之摊破，程过词之添字，都为变格。

词写男子的思念。

首句即言相忆，为全词定下基调，而饰之以"空"，可见困顿与失落。

下句衔"空"而写，因为"无计得传消息"。

为何无法传递消息呢？

三四句更进一层，即使天上嫦娥神通广大，肯替男子传书，也不知道要寄给谁啊！写出别后音讯断绝、不知女子身处何方的苦恼。

而词人所恋恋不忘、无法释怀者，难道是"记得那年花下，深夜"、"水堂西面画帘垂"的那位谢娘？

四句细针密线，环环相扣，真是"运密入疏"啊！

过片承上意而翻写。睡醒无力，间写失眠；愁肠百转，注意力无法转移，又想翻看女子旧日书信，但又经不起伤感，故有"不忍"二字。

结尾两句写景,触处伤情。满院的落花,春天在寂寂无人中消逝;幸有芳草碧碧,但却令人断肠。

本想排遣,故把视线移至室外,但睹景而更伤感,则相思已入骨,无法移去。男子无奈伤感的形象借景而益显。

历来诗词,尤其词,常写女子相思,韦庄此词,写得如此动人,让人领略到男子之多情,实属不易。

本词在押韵上,也是句句押入声,其中"忆""息""识""力"押"职"韵,"觅""寂"押"锡"韵,"碧"押"陌"韵。"职""锡""陌"通押,而且多双唇音和舌尖音,气流通过塞擦、爆破而出,有力地表达了男子愁悒的情绪。

1　空:白白地。

2　"无计"句:无计,没有办法。得,能。

3　觅:寻找。

4　睡觉(jué):睡醒。

5　"不忍"句:把,拿。伊,她。书迹,书写的手迹,或指书信。

江城子

　　髻鬟狼籍黛眉长[1]。出兰房[2]。别檀郎[3]。角声呜咽[4]，星斗渐微茫[5]。露冷月残人未起，留不住，泪千行。

　　《江城子》，唐词为单调，以韦庄词为主，三十五字，八句五平韵，至宋始发展为双调。

　　词写男女离别。

　　首句髻鬟狼籍，说明刚经过欢会，有些鬓发不整。

　　二三句写女子离开男子的住处，与男子离别。

　　四五句写别后路上之情景。城上画角在呜咽哀鸣，天上星星渐渐隐去，正是拂晓时分。

　　六句接以彼时感受。露冷，是写人冷。

　　露为夏秋季节清晨常见之物，本无所谓冷，感觉露冷，可见女子当时单衣瑟缩之情景。这也是早起为避他人耳目所有之体验。

　　由露冷感觉身冷，由身冷而突觉心冷，这段不见天日的不伦之恋，终于将女子内心的凄凉逼了出来，才有结句之"留不住，泪千行"。

　　整首词写了一个与男子偷会的女子特有的行为心态，形象生动，如在目前。

1　"髻鬟"句：髻鬟（jì huán），环形发髻。狼籍，同狼藉，此处
形容头发散乱的样子。

2　兰房：高雅的居室，此指男子的居所。

3　檀郎：潘岳字安仁，小字檀奴，美姿容，后人以檀郎、潘安代
指美男子。

4　角声呜咽：角声，画角之声，古代军队用以为晨昏之节。呜
咽，形容声音低沉凄切，好像人在呜咽。

5　微茫：隐约模糊。

河　传

何处。烟雨。隋堤春暮[1]。柳色葱茏[2]。画桡金缕[3]，翠旗高飐香风[4]。水光融。　　青娥殿脚春妆媚[5]。轻云里。绰约司花妓[6]。江都宫阙[7]，清淮月映迷楼[8]。古今愁。

────

《河传》体式较多，此体为双调五十三字，上片七句三仄韵、三平韵，下片六句三仄韵、两平韵。

词写隋炀帝出游，寄托怀古之意。

上片"何处"起句，自行设问。后两句点名时地。时为暮春，地为隋堤，此刻正下着春雨。

接下一句交代自然景色。"柳色葱茏"，柳树茂盛繁密。

五六句描写出游场面。彩画的船与桡，桨上饰以金缕流苏，风吹翠旗高高飘扬。

下片首句写挽船之殿脚女队伍壮观。殿脚女年轻美丽，春妆灿烂妖媚。

后两句写司花女子绰约貌美，身形如在轻云里。此为想象当时隋炀帝出行之情景。

接下来两句写眼前之景。如今人去楼空，只留下江都宫阙空伫原地，似乎在缅怀当年的壮观场面，而月光透过江淮，照射在隋炀帝当年修建的迷楼上，更有物是人非之苍凉。

因故，有了结尾的"古今愁"，把怀古感今之情绪表达了出来，心情复杂。

词在最初，写男女之情，应属当行里手；词中融入吊古伤今，韦庄是其中少有的作者之一。

陈廷焯《白雨斋词话》说："《浣花集》中，此词最有骨，苍凉。"

1　隋堤：古堤名，故址在今河南开封汴河一带，因修筑于隋代而得名。

2　葱茏：形容草木青翠茂盛的样子。

3　"画桡金缕"：画桡（ráo），彩绘的船桨，此指船。金缕，指船上的装饰物。

4　飐（zhǎn）：风吹使物颤动，此处是吹动的意思。

5　"青娥"句：青娥，此指美丽的少女。殿脚，隋炀帝乘龙舟游江都时，强征民间十五六岁女子为其挽彩缆，这些女子被称为殿脚女。

6　"绰约"句：绰约，形容女子姿态柔媚。司花妓，管理花的女子。司，主管的意思。隋炀帝曾命袁宝儿作司花妓。

7　江都宫阙：江都，现今江苏扬州一带。宫阙，古代皇宫门前两边的楼叫阙，后指帝王所居的宫殿。

8　迷楼：隋宫名。

河　传

　　春晚。风暖。锦城花满[1]。狂杀游人[2]。玉鞭金勒寻胜[3]，驰骤轻尘[4]。惜良晨。　　翠娥争劝临邛酒[5]。纤纤手[6]。拂面垂丝柳。归时烟里钟鼓[7]，正是黄昏。暗销魂。

　　词写暮春胜游。

　　上片首句"春晚"，交代时间。"风暖"，写出暮春时节温暖的风，本词的温度也逐渐上升。"锦城花满"，写春日成都到处都是鲜花。

　　杜甫《春夜喜雨》有"晓看红湿处，花重锦官城"之句，将花与锦城连起来写，韦庄此句，有杜诗前提在。

　　前三句写自然美景，接下来三句写美景中的游人。"狂杀游人"，写游人如织，沉醉在锦城美景中。后两句写香车宝马逐路，泛起轻尘，亦写胜游。"惜良晨"，总述游人珍惜美好春光的心态。

　　下片前两句写当垆卖酒的女子，频频劝酒，"纤纤手"是女子给人留下的深刻印象，正如他的"垆边人似月，皓腕凝霜雪"（《菩萨蛮》）一样，可想见当时醉酒狂欢之情景，不见其他，唯见纤手。"拂面"句是饮酒之时眼见之景。

下两句写春游归来,暮色黄昏,春光氤氲,朦胧而惆怅。故结尾有"暗销魂"句。

江淹说:"黯然销魂者,唯别而已矣。"(《别赋》)景越美,人越好,别时越不舍,越伤感,故有"暗销魂"三字。

而其中,何尝没有对春日即逝的伤感?何尝没有对年华易逝的伤感?游心寓目固佳,但某种情绪被点醒之后的憾恨,恐也更深吧!

1　锦城:又名锦官城,古代因织锦出名,在今四川成都市。

2　狂杀游人:即游人喜极若狂。

3　"玉鞭"句:玉鞭,玉饰的马鞭。金勒,饰金的带嚼口的马络头。寻胜,寻找胜景。

4　驰骤:驰骋,疾奔。

5　"翠娥"句:翠娥,此指当垆卖酒的女子。临邛酒,临邛,今四川邛崃县,《史记·司马相如列传》载,卓文君曾在此当垆卖酒。

6　纤纤手:形容女子之手纤细美好。《古诗十九首》有"纤纤擢素手,轧轧弄机杼",形容织女双手灵巧。

7　钟鼓:古代用以报时之器。

天仙子

蟾彩霜华夜不分[1]。天外鸿声枕上闻[2]。绣衾香冷懒重熏[3]。人寂寂，叶纷纷。才睡依前梦见君[4]。

《天仙子》为唐教坊曲名，有单、双调。单调始于唐，或押五仄韵，或押四仄韵，或押两仄韵、三平韵。双调始于宋，上下片各押五仄韵。本词为又一体，单调三十四字，押五平韵。

词写相思。总体环境是围绕夜间做文章。

首句暗写了时间和季节。蟾彩与霜华本属不相干之事物，由于色泽相似，所以，就有了这么一句：蟾彩霜华夜不分。

起句高妙，展示了很高的审美感知力，也侧写了女子内心的纷乱。这是视觉方面。

下一句，从听觉描画。鸿雁的鸣叫，就好像是从天外传来的一样。遥远的，是心理的距离。而这声音，是从枕上听闻的，则天地反差之大，亦令人感叹。

然后，视线终回到室内。不写人，而是写绣衾香冷。香冷即熏，而此处偏逆转，懒得再熏了。

至此，三句则三转折，似乎能觉到女子的别扭、懊恼和耍小性儿，以此婉写她的相思入骨。

下两句颇有禅意。夜深了,人们都入睡了,周围寂静无声,只有树叶掉落的声音。纷纷掉落的每一叶,凝结了她的哀愁,凝结了她的思恋。

结句仍写入梦,本无甚稀奇,但"才""依前"与"梦见君"的修饰,将女子的痴情写到了极致,一是才睡就入梦,一是一入梦就梦见心上人,这得是多么密不透风的思念!

《花间集》写闺思题材极多,容易落入俗套,但此词突破窠臼,写得天风海雨,天马行空,见才情,见雅意,见丰神,见诗性,实在令人喜爱。

1 "蟾彩"句:蟾(chán)彩,月发出的光彩,指月光。蟾,即蟾蜍,传说月中有蟾蜍,后人便以之为月之代称。霜华,霜的光华,指秋霜。

2 鸿声:鸿雁的鸣叫声。

3 "绣衾"句:绣衾,绣有花纹、图案的锦被。熏,熏香,古代闺房有衣、衾等熏香的习俗。

4 依前:如前,依旧。

天仙子

梦觉云屏依旧空[1]。杜鹃声咽隔帘栊[2]。玉郎薄幸去无踪[3]。一日日，恨重重。泪界莲腮两线红[4]。

　　词写女子相思。

　　前两句写景。首句写梦醒后，云屏空，一指云屏上的画依然空旷辽远，一指云屏内人依然是独自一个，有《古诗十九首》"荡子行不归，空床难独守"之意；"依旧"，反映了女子的企盼，她望梦中人醒时就在身边，显然是相思至极才有之心态。

　　云屏，令人想起李商隐《嫦娥》："云母屏风烛影深，长河渐落晓星沉。嫦娥应悔偷灵药，碧海青天夜夜心。"写尽孤独。

　　此化用李商隐诗，以仙女自比，暗揭女子身份为歌女或青楼女子。

　　第二句从声音入手。杜鹃叫声哀切，声类"不如归去"，易使听者动离愁。

　　两句写景为铺垫，旨归是引出第三句："玉郎薄幸去无踪。"这是相思的前提，也是告白。

　　情人薄幸，不知行踪，意味着女子的思念没有尽头。故有
"一日日，恨重重"句。日日恨，恨也就被重叠而无法数清。

　　结句立意上无新意，但写法上还算新。眼泪流过化了妆、
涂过胭脂的像莲花一样纯洁美丽的脸，留下两道红色的线，界
限分明。这句十分形象，画面感很强，是女子终日凝愁的特
写，也是定格，令人印象深刻。

1　"梦觉"句：梦觉（jué），梦醒。云屏，指用云母雕镶的屏风。
2　"杜鹃"句：杜鹃，鸟类，又名杜宇、子规、催归，总是朝北方
鸣叫，六七月份更甚，叫声哀切，昼夜不止，声类"不如归去"。
声咽（yè），叫声呜咽。帘栊，窗帘和窗牖，也泛指门窗的帘子。
3　"玉郎"句：玉郎，青年男子，此处指情人。薄幸，薄情，负
心，用于形容对爱情不专一的男人。
4　泪界，泪水在脸上所留下的痕迹。界，线，此处用作动词，
表示印、划的意思。

喜迁莺

人汹汹[1]。鼓鼕鼕[2]。襟袖五更风[3]。大罗天上月朦胧[4]。骑马上虚空[5]。　　香满衣，云满路。鸾凤绕身飞舞[6]。霓旌绛节一群群[7]。引见玉华君[8]。

此词有小令、长调，长调始于宋人。

本词属小令，双调四十七字，上片五句四平韵，下片五句两仄韵、两平韵。

《诗经·小雅·伐木》云："伐木丁丁，鸟鸣嘤嘤。出自幽谷，迁于乔木。嘤其鸣矣，求其友声。"以鸟出自幽谷、迁于高木，喻高升得第，本词牌《喜迁莺》即由此来。

韦庄此词亦依词牌原意而敷衍，写及第进宫参拜皇帝。

开首两句写人声鼎沸、鼓声震天的盛大场面，三句点明时在五更，四句接写五更时分天还未亮、月色朦胧，五句"骑马"，暗写高中之得意，"虚空"虽指朝廷，但也暗寓青云之志、得意之怀。

下片进一步铺排场面之壮观华丽，"香满衣，云满路"，难掩内心的得意和喜悦，"鸾凤"句写鲜衣亮饰，"霓旌"句写仪仗队伍的隆重，末句点题，是入宫拜见皇帝。

词至此达至高潮，遂戛然而止。

韦庄于唐乾宁元年（894）登进士第，时已五十九岁，如此重大难忘之场面，恐怕不会忘怀，本词也许就是记述当年难忘之瞬间吧。

1　汹汹：形容人声鼎沸、声势浩大的样子。

2　鼛鼛：同"咚咚"，形容敲鼓的声音。

3　襟袖：衣襟衣袖。襟，上衣或袍子前面的部分。

4　大罗天：道家认为最高的一层天，此指朝廷。

5　上虚空：即进宫。虚空，此指朝廷。

6　"鸾凤"句：此句指绣有鸾凤花纹的衣服随身而动，就像是鸾凤在飞舞一般。

7　"霓旌（ní jīng）"句：指彩旗的队伍和暗红色的仪仗队成群结队。霓，大气中有时跟虹同时出现的一种光的现象。旌，古代一种旗杆顶上用彩色羽毛装饰的旗子。绛，暗红色。节，仪仗的一种。

8　玉华君：一说天帝，一说道教仙女名，此指皇帝。

喜迁莺

街鼓动，禁城开[1]。天上探人回[2]。凤衔金榜出云来[3]。平地一声雷[4]。　　莺已迁[5]，龙已化[6]。一夜满城车马。家家楼上簇神仙[7]，争看鹤冲天[8]。

此词亦据词牌原意敷衍。上一首《喜迁莺》写及第入宫参拜皇帝，这首写入朝归来、金榜公开之日的庆贺场面。

首句写街上鼓声震天，烘托出放榜日街上壮观热闹的情景。二三句写中举出宫时。四、五句以凤衔金榜、平地炸雷作比，写中举放榜给广大士民带来的震动。

下片前两句莺迁、龙化，都比喻进士及第，"已"言既成事实，也有松一口气的意思。三句"一夜满城车马"写长安城昼夜轰动，"家家"句写及第士子引来许多女子的倾慕眼神。末句"争看鹤冲天"也就是争看及第的士子们。鹤冲天，写出鹤飞上青天的豪气。

韦庄有此"鹤冲天"三字，故《喜迁莺》词牌又名《鹤冲天》。

与上一首相比，本词中多了些中举后的自得，意气风发之神态弥现，但此时作者已接近花甲之年，那些女子羡慕的眼神,似乎与他已无多大关系了,不免有一丝悲哀。

1 禁城开:皇城的城门开启。禁城,皇城。

2 天上探人回:指入朝觐见皇帝归来。

3 凤衔金榜出云来:凤凰口衔着金榜从云中飞来,喻朝廷放金榜出来。

4 平地一声雷:喻金榜高中犹如平地打雷一样令人震惊。

5 莺已迁:"莺迁"典出《诗经·小雅·伐木》:"伐木丁丁,鸟鸣嘤嘤。出自幽谷,迁于乔木。"指迁升飞翔的黄莺,比喻登第。

6 龙已化:民间将中举比喻为鲤鱼跳龙门,龙已化即喻中举。

7 "家家"句:此句指中举士子引来许多美女的围观。簇,聚集。神仙,指美女。

8 鹤冲天:鹤飞上了青天,比喻中举。

思帝乡

云髻坠，凤钗垂。髻坠钗垂无力，枕函欹[1]。翡翠屏深月落[2]，漏依依[3]。说尽人间天上[4]，两心知。

《思帝乡》为唐教坊曲名，单调，有三十三、三十四、三十六字者，此为单调三十三字，八句四平韵。

词写女子相思。

从描摹闺房景物与女子妆容衣饰看，类似温庭筠词。

前四句说女子的妆容发饰。云髻而坠，凤钗而垂，坠、垂的不仅是外形，也暗示人的心气与内心，由髻坠、钗垂而透露身体慵懒无力，则女子的精神状态与心理至此大致清楚。

四句写女子夜不能寐，倚枕娇软无力，实是情绪不高、心情烦闷的写真。

五六句说闺中景。翡翠屏高贵华丽，在寂静的闺房，更显幽深，况且月光洒落在上，翡翠反射出幽冷的光泽，更显凄清。而远处，仍在时有时无地传来滴漏的声音。月光加漏声，人的心情不低落都不可能。

最后两句直写心事。想是回忆梦中与情人相会，两情相悦，备诉别后思念之苦。

　　词中的"两心知"，应是梦中语，醒来忆起，更觉悲凉，也因此更显惆怅，由此反观前面之"髻坠钗垂无力"，也便恍然。

　　同为闺怨，韦词词中有词，比温词更耐人寻味些，也更有寄托和风致。

1　枕函欹：指斜靠着枕头。枕函，枕头。欹（qī），侧，斜。

2　翡翠屏：由翡翠装饰的屏风，比喻精美华贵的屏风。

3　漏依依：形容漏声缓慢悠远。

4　人间天上：典出白居易《长恨歌》："七月七日长生殿，夜半无人私语时。在天愿作比翼鸟，在地愿为连理枝。"形容忠贞不渝的爱情。

思帝乡

春日游。杏花吹满头。陌上谁家年少[1]，足风流[2]。妾拟将身嫁与[3]，一生休[4]。纵被无情弃[5]，不能羞[6]！

本词单调三十四字，八句五平韵，写女子的爱恋。

首句点名时、事。

次句写春日美景，一"吹"字，既画出杏花满枝绽放且随风飘落之景，也使被风吹乱发丝、手抚秀发的少女的美丽形象如在眼前。这阳春杏花雨，吹乱的，何止是少女的秀发？

三四句看见的，就是她被风吹乱的荡漾春心。万物复苏，春景灿烂，可观瞻者无数，而独独闯入少女眼中的，是陌上或骑马或步行的少年。

"足风流"三字，可以表现他的魅力，和在少女心中激起的震动。所以，她立即想起了终身大事。要打算嫁给他，一辈子就这么跟定了他，无怨无悔。

少女的一厢情愿，表现她对男子的钟情已到了无以复加的地步。少女已做好一切心理准备，即使因此被抛弃，也不能改变她的决定！这是何等的"野蛮"和无法抗拒！

本词表达直接，几乎都是大白话，但胜出亦在此。炽热率真的情感和一往无前的气质,是它打动人的地方。

少年之美,难以细陈,通过少女的恨嫁显现。而少女的气质,亦令人想起汉乐府《上邪》中女子的决绝。

1 年少:少年,指青年男子。

2 足风流:足,十分。风流,好的仪表、仪态。

3 "妾拟"句:拟,打算,决定。嫁与,嫁给。

4 一生休:一生就这么交代了。休,结束,完结。

5 "纵被"句:纵,纵然。弃,抛弃。

6 羞:难为情,害羞。

诉衷情

　　烛烬香残帘未卷[1]，梦初惊。花欲谢。深夜。月胧明[2]。何处按歌声[3]。轻轻。舞衣尘暗生。负春情。

　　《诉衷情》为唐教坊曲名，《花间集》中有两体，此为单调，三十三字，九句六平韵两仄韵。

　　词写舞女失意。

　　首句定格时地。烛烬香残，表明深夜。帘未卷，表明闺中人似在睡梦中。

　　次句即写"梦初惊"。刚入梦而醒，心绪的烦乱，可窥一斑。而帘未卷、睡非睡、香烛烧而未全尽之状，处处难掩尴尬。两难的处境，令女子心惊肉跳。景虽白描而出，人物情态、内心却表露无遗。

　　接下三句写外景。"欲"字，活描出花将凋谢之危机，惊心动魄，分明是女子触景伤情，自怜己之身世。

　　"深夜"，开篇已交代，此单独写，固为本词牌之格式，但也是女子内心的一种无意识外现——她的内心，犹如这深夜，正黑暗无着落。"月胧明"，是对深夜感受的补充。

　　接下两句透露出女子真正的心事。"何处"，表明不知，

"按歌声"，依着拍子歌唱，分明是欢宴场面，但却与己无关。又或许，那个惦念的人，背着自己，在何处歌场寻欢。

"轻轻"，歌声遥远，似有似无地传来，但在女子这里，这"轻轻"分外清晰，内心的震颤可想而知！

末两句回归自家处境。舞衣挂在墙上，蓦然间，看到上面不知何时落上了尘土，表明已长时间未用它了，失意被弃之感毕现。

"负春情"，寓意复杂，有美人惜时的紧迫感，有被弃的不甘，更有辜负良辰的痛惜。

1 "烛烬"句：烛烬，蜡烛燃烧后的残余。香残，香炉里的香快要烧尽。

2 月胧明：月微明。

3 按歌声：依照着节拍歌唱。按，依照节拍。

诉衷情

碧沼红芳烟雨静¹，倚兰桡²。垂玉佩。交带³。袅纤腰⁴。鸳梦隔星桥⁵。迢迢。越罗香暗销⁶。坠花翘⁷。

词写女子的情思。

首句为女子眼前之景。碧绿的水池，鲜红的花朵倒映水中，春日的细雨，如烟似雾，环境安静美好。下句写女子倚舟而望，"碧沼红芳烟雨静"乃所见之景。

接下三句，视角转换，女子成为被观赏对象。她衣带交束，玉佩垂于罗裙之上，腰肢纤细婀娜。

随后两句写女子所思。鸳梦，相思之梦也。相思而梦，暗喻离别；梦中天河被阻隔在鹊桥两边，是又加了一层阻碍，可见不易。有一层咫尺天涯、人为阻隔的痛楚，故有"迢迢"之叹。但这些，都是在婉转而隐约地表达。

末两句写女子衣上香暗销，则意味着情不知不觉中转淡，甚至断绝；而头上花翘坠，也是类似的寓意。

1 "碧沼"句：碧沼（zhǎo），碧绿的水池。沼，水池。红芳，红色的花朵。

2　兰桡：用木兰树做成的船桨，此代指精美的船只。

3　交带：束结的衣带。

4　袅纤腰：袅娜纤细的腰肢。

5　"鸳梦"句：鸳梦，鸳鸯梦，此指思念男子的梦。星桥，此指天河上的鹊桥。

6　越罗：指用越地所产的丝绸做成的罗裙。

7　花翘：头饰。

上行杯

芳草灞陵春岸[1]。柳烟深、满楼弦管[2]。一曲离声肠寸断[3]。　　今日送君千万[4]。红镂玉盘金镂盏[5]。须劝[6]。珍重意[7]，莫辞满[8]。

《上行杯》为唐教坊曲名，有单调三十八字、三十九字者，如孙光宪之二体；本词单调四十一字，八句七仄韵，不换韵。

词写离别。

首句点明分手之时地，时为春天，地为灞桥岸边。"芳草"一词，烘托出春日万物之茂盛欣荣，也反衬出离情之更为黯淡。

"柳烟深"，柳色凄迷也，对应离人之凄迷心态。

"满楼弦管"，极述饯行场面之盛，反射出格格不入的情绪和落寞。

这样的心境，故有听曲而思离别、肝肠寸断之反应。至此，离情如弓箭，已被拉满。

下片首句水到渠成，直言"送君"主题。"千万"，虽未言其他，但所有的叮咛、嘱咐、不舍、依恋和担心都在其中了。

下一句有临别劝离人"努力加餐饭"之意。

末三句是劝酒。这是以酒浇愁、微醺带醉的状态，"珍重意，莫辞满"有"劝君更尽一杯酒，西出阳关无故人"的怜惜，更有别后不知何时相会的惆怅。

　　古人诗中，别离诗占很大比重，地域阻隔、交通不便，使人特重别离，也更有一别即永生的恐慌。

　　所以，有"相去日已远，衣带日已缓"的憔悴，有"同心而离居，忧伤以终老"的伤感，有"又送王孙去，萋萋满别情"的不舍，有"无为在歧路，儿女共沾巾"的豁达，有"孤帆远影碧空尽，唯见长江天际流"的凝伫……

　　此处之别离，则为又一模式。

1　灞陵：又作霸陵，故址在今陕西西安东。汉文帝的陵墓附近有灞桥，故曰灞陵。汉唐时人们送别亲友，常在此折柳相送，李白《忆秦娥》有"年年柳色，灞陵伤别"句。

2　弦管：即丝竹，古代一般以丝为弦、以竹为管，此指音乐吹奏之声。

3　"一曲"句：一曲离声，抒发离别之情的曲子。肠寸断，表示极度悲伤。

4　千万：一说指路途遥远，千万里之外；一说指临别千叮咛万嘱咐。

5　红镂玉盘金镂盏：指宴会上精美的器皿以及所盛放的美食珍馐。

6　须劝：指劝酒，使喝酒。

7　珍重意：指劝对方珍重的意思。

8　莫辞满：不要推辞酒杯满，也是劝酒的意思。

上行杯

白马玉鞭金辔[1]。少年郎、离别容易。迢递去程千万里[2]。　　惆怅异乡云水。满酌一杯劝和泪[3]。须愧。珍重意，莫辞醉。

词述离别。

首句通过白马玉鞭金辔,写少年之青春意气,对前路充满期许。

接下两句写离别在少年心中的分量。少年不识愁滋味,故轻看了离别,完全体会不到痛苦。"迢递去程千万里",言明去程之遥远。

下片首句情绪忽转,"异乡云水",客观描写。"惆怅",主观感受。此为别后男子切身感受,初不言别愁,别后却倍觉凄楚。

"劝和泪"句,是又遇别离场面而有此感受。

"须愧",是劝人,更是言己。

"莫辞醉",正有借酒浇愁之意,何谈"辞"? 写尽伤感。

此词与上一首《上行杯》可视为姊妹篇,从别前与别后两个时段与角度,写当事人对于离别的感受,而将离别男女双方之情感惟妙惟肖地刻画出来了。

1　玉鞭金辔（pèi）:镶玉的马鞭和镶金的马辔,比喻装备精美富足。

2　迢递:形容路途遥远。

3　劝和泪:和泪劝,含泪劝酒。

女冠子

四月十七。正是去年今日。别君时。忍泪佯低面[1]，含羞半敛眉[2]。　　不知魂已断，空有梦相随。除却天边月[3]，没人知。

双调四十一字，上片五句两仄韵、两平韵，下片四句两平韵。

词写女子相思。

首句纯以日期出现，极少见。下句作为补充。一个"正是"，说明日子特殊。

反观首句，则此写法足以说明四月十七这天发生的事，令人难以忘怀。

接下来具写去年四月十七日之事。"别君时"，揭明主题，乃与心上人离别。

"忍泪佯低面，含羞半敛眉"，写尽女子之纯真多情。离别本已令女子愁苦沉重，但因害羞，因为对方着想，而尽量压抑情感，做出似乎不在乎的样子，但真心又无法全部掩饰，故有似愁非愁、似泪非泪、似羞非羞之情态。

此情此态，非真情无以有之，非真心无以见之，则别离双方之情感，不言而自见。

　　下片写别后女子感受。"不知"句照应上片之"忍泪"、"含羞"句，别离之痛楚，令别时懵懂纯情之女子，始料未及，但魂确实已断。"空有"透露出无奈与不甘。

　　末两句将离情外化。此情此伤此愁，无以言说，除去天边的明月，没有人知道。

　　一是说女子常夜不能寐，彻夜望月；一是说此离情之深，根本无法表达，大概只有默默看着月亮才能体会到吧。

　　把深情具象化，非常巧妙。

　　上片忆别，用他者视角，画面感极强；下片言今，自述心事，便于表达感受。

　　此词写出了相思女子的复杂神情与心态，且充满纯真之情，故异常打动人。

───

1　"忍泪"句：忍泪，隐忍凄楚。佯（yáng）低面，装作低下头。佯，假装。

2　敛眉：皱眉头。敛，蹙的意思。

3　除却：除去，除了。

女冠子

昨夜夜半。枕上分明梦见。语多时。依旧桃花面[1]，频低柳叶眉[2]。　　半羞还半喜，欲去又依依[3]。觉来知是梦，不胜悲[4]。

———

此词从男性角度，写离别相思。

虽为独立一词，但与上一首《女冠子》互参，则许多前提与背景，实已暗含其中，因此似联章词。作者的《菩萨蛮》五首亦有此特色。

前两句即写相思至极，而梦中相见。接下三句写梦中情形。写两人喁喁私语，备述别后相思之情形，足显心心相印。

后两句，写语罢，男子的细细端详：女子依然美丽，女子依然娇羞。间写出别后男子对女子容貌的无数次想象，如今正好与现实印证。梦中情形，由于真实，逼肖现实。

过片仍写梦。"半羞"句写足别后思念带给人的煎熬，以及见面后的惊喜、不真实感；"欲去"句写出梦中即将分别的不舍。

此前五句皆记梦。末两句写梦醒后的不胜悲凉。

梦中之喜，与梦醒之悲，其间反差巨大，足见相思之深。

本词"依旧桃花面，频低柳叶眉"、"半羞还半喜，欲去又依依"与上一首中"忍泪佯低面,含羞半敛眉",不仅是令男子动心难舍之态,也是最能打动读者之心处。

　　要之,词人写出了恋爱中女子的羞涩之美、纯情之美,这也是两情相悦中最为动人之美好。褪去了这层美好,情感也便褪色,也就再难打动人。

　　后世读者不断被吸引,大约也是着迷于这种美好情态吧。

1　依旧桃花面:依旧如桃花一样美的面容。典出唐代崔护《题都城南庄》:"去年今日此门中,人面桃花相映红。人面不知何处去,桃花依旧笑春风。"

2　柳叶眉:像柳叶一样细细弯弯的眉毛。

3　依依:依依不舍状。

4　不胜悲:悲不自胜,指难以承受的悲伤。

更漏子

　　钟鼓寒，楼阁暝[1]。月照古桐金井[2]。深院闭，小庭空。落花香露红。　　烟柳重，春雾薄。灯背水窗高阁[3]。闲倚户，暗沾衣。待郎郎不归。

　　双调四十六字，上下片各六句，两仄韵两平韵。

　　词写闺思。

　　全篇几乎都是写景。

　　首句以声入词，钟鼓之声，表明时间流逝。也暗扣"更漏"之义。此处之"钟鼓"，按照晨钟暮鼓之习，应指鼓声。鼓声只有高低远近之分，却没有寒、热之说，言鼓声"寒"，则是融入了女子的主观感受。

　　下句写女子所居之楼。"楼阁暝"，言已晚上。与下句相比，"楼阁暝"是大处着眼。随后写月亮照在院里的古桐树与金井上，进一步渲染夜色。

　　接下两句写女子所居的院落：院子幽深，院门紧闭；庭院虽小，却显得空旷。然后写院里的花落了，芳香似乎透过露水、落红弥漫开来，更有一种凄美。

　　下片前三句仍写景。柳树茂密，春雾轻薄如纱，灯背着高阁上临水之窗户,光线内明外暗。

下句写女子此时状态,闲闲地倚靠在窗户旁。结合上句,则女子处在灯光昏暗的地方。

此刻,她在做什么?暗自垂泪。

所为何来?等待心上人,但心上人久不归来,因而暗自伤心。

本词写闺思,委婉含蓄。

上片六句、下片三句皆写景,但寒、暝、闭、空、落、重、薄、背等词,共同烘托出女子寂寞失意之处境;而落花雾露、背灯倚户、暗自垂泪等意象,也在婉诉女子心境与情绪。

女子的"暗沾衣",其含蓄隐忍,也与本词基调统一,人与物高度契合,情与景浑然一体,产生强大的感染力。

1　暝(míng):指光线暗淡、昏暗,一般指黄昏或夜晚。

2　"月照"句:古桐,苍老遒劲的桐树。金井,雕饰华丽的井栏。

3　水窗:临水的窗户。

酒泉子

月落星沉。楼上美人春睡。绿云倾[1]，金枕腻[2]。画屏深。　　子规啼破相思梦。曙色东方才动[3]。柳烟轻，花露重，思难任[4]。

《酒泉子》有各种体式，本词双调四十一字，上片五句两平韵、两仄韵，下片五句三仄韵、一平韵。平仄错叶。

词写女子相思。

全篇含蓄婉转，主要透过情景与美人情态之描述，表达相思苦楚。

首句从天上写起，月亮落下，星星沉隐，已快天明，表明女子一夜未眠。

此句化用李商隐《嫦娥》之"长河渐落晓星沉"，李诗写嫦娥独居月宫之寂寞，此处则暗喻女子独处之落寞。

接着直接写女子，"楼上美人春睡"，顺带交代了季节。美人春睡如何？接以"绿云倾，金枕腻，画屏深"。乌发散乱，眼泪打湿枕头，闺房空寂幽深。

过片衔接首句，写梦醒天亮。"子规啼破相思梦"，直言相思，间写失眠而凌晨入梦。梦醒天哗然而亮，使美人完全从梦中惊醒，则失落亦更甚。

接下两句写景,似乎闲闲两笔。"柳烟轻",春日清晨薄雾笼罩柳树,像轻纱似有若无般拂动。

"花露重",经夜之花上,露珠晶莹闪亮,浓如雨过。

花露重虽写出春晨花之常态,但亦含花不堪露之沉重意。而烟之轻与柳之重,恰恰象征了情郎与美人之间的情感,思念中流露哀怨与失意。

结句直呼"思难任",将全篇所有情景、物态调动到一点上:一切皆因相思,而相思又无法控制与主宰。此三字,词眼也。

全词含蓄细腻,不流于浓艳、刻镂,人物柔美闲淡,似淡扫蛾眉,轻烟笼翠,给人感动和轻轻的忧伤。

1　绿云:指女子乌黑光亮的头发。

2　腻:泪污。

3　曙色:指拂晓时的天色。

4　难任:难当。

木兰花

独上小楼春欲暮[1]。愁望玉关芳草路。消息断[2]，不逢人，却敛细眉归绣户[3]。　　坐看落花空叹息。罗袂湿斑红泪滴[4]。千山万水不曾行，魂梦欲教何处觅[5]？

───

此调有小令、慢词，此为小令，有的称《木兰花令》。双调五十五字，上片五句三仄韵，下片四句三仄韵。

词写思妇。

首句写事由。少妇"独"上小楼，眼见春天就要过去了，心情岂能平静？故而，下句以"愁"带起——"愁望玉关芳草路"。

玉关如此遥远，如何能望得见？只是思妇的念想而已。芳草萋萋，正见思念如织。

接下来具写心事：不知他人在何方。见不到从丈夫身边归来之人，只能自己猜量。如此，只能闺中等待。

过片两句承上而写。"坐""空"透露女子惜春、年华空逝之无奈，"罗袂"句乃她日常所能做的相思之举。

末两句承"消息断"，再进一步，写梦中都不知何处寻觅，可谓伤心到家！

全篇不假托喻，直写相思，颇具"直寻"之胜。

钟嵘《诗品序》说："观古今胜语，多非补假，皆由直寻。"此乃本词特点。

词中女子，其敛眉归绣户、坐看落花叹、罗袂泪斑湿的举动，柔婉中透露温厚，给人莫名的感动。

1　春欲暮：指暮春时节。

2　消息断：指别后没了音讯。

3　"却敛"句：敛细眉，蹙眉，皱眉。绣户，指闺房。

4　"罗袂（mèi）"句：罗袂，指衣袖。湿斑，指眼泪在衣袖上留下的斑痕。红泪，泪流过涂有脂粉的面颊，所以称作"红泪"，词中一般指女子的眼泪。

5　"魂梦"句：指梦里都无法找到。

皇甫松词

天仙子

踯躅花开红照水[1]。鹧鸪飞绕青山嘴[2]。行人经岁始归来[3]，千万里。错相倚。懊恼天仙应有以[4]。

单调三十四字，六句五仄韵。

本词依词牌意敷衍，写刘晨、阮肇遇仙事。

前两句写自然环境。杜鹃花开，红花映水，鹧鸪绕着青山入口在飞，"行不得也哥哥"的叫声，充满依恋。

行人经过一年才回来。"千万里"，指路途遥远。"错相倚"，指女仙感到托付错了人。

末句写女仙的懊恼是有原因的，指刘晨、阮肇离开仙境回到人间，有被抛弃之感。

1　踯躅(zhí zhú)花：花名，多红色，故有红踯躅之称。红踯躅又名杜鹃花、映山红。

2　"鹧鸪(zhè gū)"句：鹧鸪，鸟名，叫声类似"行不得也哥哥"。青山嘴，青山的入口。嘴，指形状像嘴的东西。

3　"行人"句：行人，这里指刘晨、阮肇。经岁，经年，经过一年。

4　有以：有原因。以，原因。

浪淘沙

蛮歌豆蔻北人愁[1]。浦雨杉风野艇秋[2]。浪起鹁鸪眠不得[3]，寒沙细细入江流。

唐教坊曲名，单调二十八字，四句三平韵。

此调宋人有《浪淘沙令》《浪淘沙慢》，皆依旧曲翻新腔。

此词意境极好。南方人歌唱豆蔻，而对思念故乡的北方人来说，只能引起南北不同之感受，故而更加思乡。

次句写江边杉树经受着风雨，一叶小舟在秋日的江上随风飘荡。明写风雨和小舟飘荡，实写内心之风雨、不平静。

三句写风浪之高，惊动了江中的水鸟，无法入眠。

四句写江底之沙，静静地流淌。

对照前三句所体现之动荡与愁苦，第四句之平静与冷静的画面，像极风雨过后恢复平静的内心。

由于是整齐的四句，又乃唐人所作，以及其中所表现之壮阔意境和情感，故本词更像诗。而从平仄、粘连、押韵等格律方面看，其实就是一首工整的七绝。这实际反映了词体并未完全成熟时，有些词与诗的界限不是很清晰的现状。按照任二北先生观点，有的属于齐言声诗，而非词。例如《杨柳枝》，也是此种情况。我们只需了解这一情况即可。

1　"蛮歌"句：蛮歌，南方人唱的歌。蛮，多指南方人，古人多
称南方为蛮夷之地，则南方人亦称蛮人。豆蔻，多年生草本植
物，古人常以之比喻年轻美丽的女子。北人，北方人。

2　"浦雨"句：浦，水边，此指江边。杉，指杉树。艇，小船。

3　鸡鹣(jiāo jīng)：一种水鸟，产于我国南方，又叫"茭鸡"、
"赤头鹭"。

杨柳枝

烂漫春归水国时。吴王宫殿柳丝垂[1]。黄
莺长叫空闺畔，西子无因更得知[2]。

唐教坊曲名，单调二十八字，四句三平韵。

词写吴王夫差事。

首句写春天降临曾经的吴国。次句写吴王宫殿柳丝泛
绿。三句以黄莺的鸣叫衬托出闺房的空寂，早已人去楼空，物
是人非。

这种对比，恰似上句吴王宫殿柳丝的茂密勃发与宫殿的
荒凉残败形成的对比，古与今、新与旧、短暂与永恒的对比，皆
蕴蓄其中。

末句以西施的杳无音讯、无缘得知下落结束，怀古中流露
失意、惋惜。

此词与作者另一首《杨柳枝》可对读，另一首写唐玄宗故
事，都是在怀古与帝王爱情之间徘徊、慨叹。

本词从格律上来讲，亦是一首工整的七绝。

1　吴王：指吴王夫差。

2　西子：即西施。

梦江南

　　兰烬落[1]，屏上暗红蕉[2]。闲梦江南梅熟日[3]，夜船吹笛雨萧萧[4]。人语驿边桥[5]。

　　　　单调二十七字。五句三平韵。

　　　　词写旅夜感受。

　　　　开始两句写当时所处环境。

　　　　夜已深，室内环境幽暗，屏风上所绘之红色美人蕉，颜色也显暗淡了。这是一个相对静谧的居所。

　　　　三四句写男子入梦。

　　　　江南梅雨季节，在夜晚的船上，男子吹笛，船外雨声潇潇。男子梦醒后，听到驿站旁的桥边有人在说话。那隐隐约约传过来的话语，分明是又有人在送别，心中感受复杂。

　　　　对于昔日江南的美好留恋，于不经意间流露。

　　　　从立意上，词人只是选取行人驿站梦醒刹那之感受。但这一特定情境，以及思乡之愁和羁旅之思，共同烘托出一幅淡雅、唯美又略显忧愁的旅馆夜思图。同时，也暗扣词牌本意。

　　　　1　兰烬：蜡烛之灰烬，因其形状似兰心，故称。

　　　　2　屏上暗红蕉：屏风上所画之美人蕉，在幽暗的环境下，颜色也显昏暗。

3 梅熟日：初夏梅子成熟的日子，指梅雨天。

4 萧萧：即潇潇，形容下雨的声音。

5 驿：驿亭，驿站，古时公差或行人歇脚的地方。

梦江南

楼上寝，残月下帘旌[1]。梦见秣陵惆怅事[2]，桃花柳絮满江城。双髻坐吹笙[3]。

本词依词牌义敷衍。

首句写夜寝，次句写月亮照在帘幕上。这两句为实写。

后三句为梦境，乃虚写。梦见金陵旧事，当时事回想起来，令人惆怅。

接下具写惆怅事：春天桃花绽放，柳絮飘飞，满城春色，令人喜爱。在这美景中，有一位梳着双髻的少女，坐在宴席间吹笙。

那么，这个美景中的双髻美人，就是令男子惆怅的女子了。

至此，本词戛然而止。既未抒情，更未再以景衬托。当然，是由于本词体量、字数的限制，但同时也是在此体制下，锻造出的极高的点染、描画工夫，以及由此产生的含蓄、隽永的风格，也就是宋人说的唐调。

"惆怅"是本词的词眼，寄寓了留恋不舍，以及淡淡的失落。

陈廷焯评此词曰："梦境画境，婉转凄清，亦飞卿之流亚也。”诚如是。

1　帘旌：帘端所缀之布帛，泛指帘幕。

2　秣陵：古代金陵，在今江苏南京市。

3　双鬟：在头的两侧各盘一环状然后垂下，这是古代少女的发型，故以此代指少女。

薛昭蕴词

浣溪沙

红蓼渡头秋正雨[1]，印沙鸥迹自成行[2]。整
鬟飘袖野风香[3]。　　不语含嚬深浦里[4]，几回
愁煞棹船郎[5]。燕归帆尽水茫茫。

《浣溪沙》双调四十二字，一般体式为上片三平韵，下片
两平韵。本词为上下片各两平韵。

词写闺愁。

首句交代时地。时为秋日雨中，地为红蓼渡头。

次句写雨中沙滩上，鸥鸟留下的足迹虽小，却痕迹清晰，
且自成行。

三句写女子动作。女子整理被风吹乱的头发，衣袖被风
吹动，风里带着粉香——动感十足的画面。

过片承上而来，写女子神情，凝眉不语，独自在水边发愁，
令船夫不知所措，不知是该走还是该停。

"几回"，反衬女子愁之甚，愁之久。

如此，过渡到结句。秋日燕子归来，眼前之帆船消逝在天
际，唯剩这茫茫的水了。

写水，实际是写无尽的哀愁。

本词不同一般闺思词，场景不在闺中而在秋日渡头，女子

的情态动作与体验,也不同于一般闺思词。细节描写带给人极强的画面感。

渡头而有"红蓼"修饰,开篇即给读者带来很强的视觉冲击。秋雨、沙滩、鸥迹、扁舟、船夫、来的燕、归的帆,等等,皆为发酵性极强的江南水乡意象。

最主要者,女子临风整鬟,风飘衣袖,香随袖溢,这动感十足又唯美的画面,带给人更大的震动和美感。

而在此背景下"不语含颦"的楚楚动人之态,则永远定格在与她相遇的读者的脑海。

刘熙载说:"五代小词,虽小却好,虽好却小,盖所谓'儿女情多,风云气少'也。"

本词就是这么一首小而好的词,至于"儿女情多",那是它的特色与魅力所在。

1　蓼(liǎo):一年生草本植物,生在水中或水边,叶披针形,花白色或浅红,又称水蓼。此处之"红蓼"指开红花的水蓼。
2　印沙鸥迹:印在沙子上的鸥鸟的足迹。
3　整鬟:整理头发。
4　"不语"句:含颦,蹙眉,指含恨、忧愁。浦,水边。
5　"几回"句:愁煞,愁坏了。棹船郎,撑船的人,船夫。

浣溪沙

握手河桥柳似金[1]。蜂须轻惹百花心[2]。蕙风兰思寄清琴[3]。　　意满便同春水满，情深还似酒杯深。楚烟湘月两沉沉[4]。

本词为《浣溪沙》常见体式，双调四十二字，上片三句三平韵，下片三句两平韵。

词写欢会与相思。

首句写相逢。河边，金丝柳旁，两人相见、牵手。

次句写当时心境。相遇使两人内心不平静，"惹"字，暗代沾惹情思，指男子撩动女子芳心。

三句写女子弹琴，琴声中寄托了她如兰蕙一样的思绪与风致。

下片前两句写宴会中侑酒场面，二人觥筹交错，情感升温。将情与意同春水与饮酒联系在一起，比喻新颖。

结句写别后相思。楚烟湘月，代指双方分隔在楚、湘两地，相见无因，唯有望月相思。

此写宴会场中一段偶遇，别后在词人心中的鸿迹，属闲愁，但来自深心。

1　柳似金：指金丝柳，常种植于河边。

2　"蜂须"句：蜂须，蜜蜂的触须，用以寻找花蜜。花心，指花蕊。此句是以蜜蜂采花蜜喻男子拨动女子心弦。

3　"蕙风"句：蕙风兰思，蕙、兰，香草，常用来形容女子的美好高洁品质。此处指女子的风度和思绪。寄清琴，寄寓于清越的琴声中。

4　"楚烟"句：楚烟湘月，楚地的烟、湘地的月。沉沉，两地相隔，音讯杳无也。

浣溪沙

帘下三间出寺墙[1]。满街垂柳绿阴长。嫩红轻翠间浓妆[2]。　　瞥地见时犹可可[3]，却来闲处暗思量。如今情事隔仙乡[4]。

———

词写偶遇后的相思。

上片写女子出现的具体环境。满街垂柳，绿阴悠长，红花绿树，都流露初春的新鲜颜色。这样的美景中，一位浓妆女子闯入词人眼中。

下片写别后回忆及相思。

首句写当时相见的情形。"瞥地"，写相遇之突然、短暂；"可可"，写当时不经意；"犹"，强调初相遇给人的惊诧和不及细思量。

"却来"，别后的如今；"闲处"，闲下来的时候，更指对相遇回过味来；"暗思量"，暗自回想当时情形，是思念向时间投降。

末句，惘然而惆怅。本只初遇，未及深交，况当时并未在意，何谈进一步交往，连相思大约也谈不上。

但就是如此简单的偶遇，牵挂词人的心思，但又无从捡拾起，真如李商隐说的"此情可待成追忆，只是当时已惘然"。

作者心思细腻，常能捕捉到别人不易察觉的瞬间与细节，将其有层次地展现并刻画，带给人美的享受。本词反映的心事，即属此类。

1　寺墙：这里指院墙。

2　嫩红轻翠：指江南早春的花与树草，呈现嫩嫩的红色与浅浅的绿色，不同于暮春与夏日花与树草的颜色。

3　"瞥（piē）地"句：瞥地，倏忽、疾视、暂见之意。可可，不经心的样子。

4　仙乡：本指仙人所居的地方，此指爱人的居处。

浣溪沙

　　江馆清秋缆客船[1]。故人相送夜开筵[2]。麝烟兰焰簇花钿[3]。　　正是断魂迷楚雨，不堪离恨咽湘弦[4]。月高霜白水连天。

────

　　此词写与故人相别。

　　首句点明时地。时为清秋，地为江畔，门外客船相候，出发在即。二句写故人设宴送别，三句写送别场面。

　　麝香熏烟，兰烛放焰，妆扮艳丽的歌女们聚集一起，唱歌、侑酒。

　　过片写词人的惜别感受。如此场面，即将离去，心中惆怅，不由断魂，况恰逢楚雨凄迷，更令人断肠。

　　下句写湘弦哽咽，使离恨更深，不堪重负。哽咽者，岂止湘弦，词人也。

　　结句突转，此情此恨，无以排解，唯有放眼船外，月高，霜白，秋水连天。这一切，应该能包容词人极难平静的内心吧。

　　结句视野开阔，意境辽远，如一幅深秋月夜水墨图，是词人凝眸处，也是内心波澜与惜别之情的定格。

────

　　1 "江馆"句：江馆，江畔客馆。缆，系船用的粗绳或铁索，此处用作动词,指用绳拴住客船。

2　筵(yán):宴席,宴会,此指饯别宴会。

3　"麝烟"句:麝烟,麝香熏烟。兰焰,如兰状的蜡烛火苗。簇花钿,聚集着艳妆女子。花钿,头饰,此处用来代指浓妆的歌女舞妓。

4　"不堪"句:不堪,无法忍受,忍受不了。湘弦,湘地的管弦,指湘女的歌唱。

小重山

春到长门春草青[1]。玉阶华露滴[2]、月胧明[3]。东风吹断紫箫声[4]。宫漏促[5]、帘外晓啼莺。　　愁极梦难成。红妆流宿泪、不胜情。手挼裙带绕阶行[6]。思君切、罗幌暗尘生[7]。

───

双调五十八字,上下片各四句,都为四平韵。

词写闺思。

首句点明时地——春天,长门。虽言春草青,有欣荣之意,但地点的择取,透露了女子的处境,则春草青青,更似女子正浓的愁思,怀远念人之意明显。

次句写阶前花上露水浓郁,写月色微明,也是表达相思哀怨。

三句从听觉上写,箫声被风吹断,时有时无。

四句写漏声急促,分明是女子失眠,内心焦虑也;写晓莺啼叫,暗示白昼来临。

上片四句皆写景,却是借景抒情,离情弥现。

下片直接言情。首句以"愁"带起,正是水到渠成。愁到了极点,所以无法入睡,何来做梦? 苦语也。

次句具写无眠之状。妆未卸，却残留前日之泪，即终日以泪洗面，泪不间断也，如此，怎能承受得了？泪语也。

三句写既无法入眠，故绕阶而行。

末句明言主旨。"思君切"，关键在"切"上，以上之景之情状，都在体现这一个字，非淡雅闲愁。结句婉言无眠与孤独。

本词，从体裁言，有从唐人小令过渡到宋人慢词之迹象；从写法言，也初步形成宋词中先写景后言情之惯常模式；而从遣词造句看，充分吸收唐诗之意境与营养，使酒宴间歌唱之词脱去浅薄，更向雅化与文人化迈进。

李清照有《小重山》，首句即"春到长门春草青"，与本词首句完全一样，可见其对后人之影响。

1　长门：长门宫，汉武帝陈皇后失宠后居于此，此处代指。

2　华露：花上面的露水。

3　胧明：微明。

4　紫箫：紫竹做成的箫。

5　宫漏：计时器也。

6　手挼（ruó）：手揉搓。挼，揉搓。

7　罗幌（huǎng）：罗帐，布幔。杜甫《月夜》："何时倚虚幌，双照泪痕干。"

离别难

宝马晓鞲雕鞍[1]。罗帏乍别情难[2]。那堪春景媚[3]。送君千万里。半妆珠翠落，露华寒[4]。红蜡烛。青丝曲[5]。偏能钩引泪阑干[6]。　　良夜促。香尘绿。魂欲迷。檀眉半敛愁低[7]。未别心先咽[8]。欲语情难说。出芳草、路东西。摇袖立。春风急。樱花杨柳雨凄凄。

唐教坊曲名。唐段安节《乐府杂录》记载了这么一则故事：武则天朝，有一士人妻，被征配入掖庭，该女子善吹筚篥，故撰此曲。

本词乃借旧曲倚新声，因词中有"罗帏乍别情难"，故名《离别难》。双调八十七字，上片九句四平韵四仄韵，下片十句四平韵六仄韵。

词写离愁。

首句以宝马备鞍暗示情人即将启程，直扣离别主题。

次句写罗帏缠绵，留恋不已。

三句"那堪"，言面对美好春景，离别更显残酷，顺带交代时间。

四句言无法送君千万里之不甘。

五六句写妆落露寒,郁闷失意也。

七八句言别时之情景。烛本照明,曲本娱人,却勾引得人眼泪纵横,可见心情惨极。

"偏",透露出人与境之违逆,从无理流下的眼泪侧写女子之情深、愁重。

过片之"良夜促",照应开首之离别在即。"魂欲迷",接写失魂落魄。

接下三句,写在情郎前之情态。"檀眉"句,写低头蹙眉;"未别"句,写心里淤堵;"欲语"句,写情深语浅,无法言说。

接下两句,写出门送别。"路东西",写临歧分别,各奔东西。东西,恨语也。

末三句写雨中挥手送别。"摇袖立",孤独也。"春风急",也是离人马蹄疾。

杜牧《赠别》有"春风十里扬州路,卷上珠帘总不如",孟郊《登科后》有"春风得意马蹄疾,一日看尽长安花"。

对于男子,春风意味着志得意满,即使分别,前路也有无限可能性;而对于女子,却只能是更加的失意。所以,好一个"春风急"呀!女子的愁怨,藉此可见。

末句,樱花盛开,杨柳依依,春雨细细,好美的意境!如若相聚,这是何等的美景,而如今分离,满眼却只是"凄凄"。词人亦可谓写情高手也!

由于体量增大，意象纷披，景与情皆可细描密摹，故景、情俱佳，颇为感人。

1　"宝马"句：鞲(bèi)，把鞍辔等套在马上。雕鞍，雕饰有花纹的马鞍，指华贵的马鞍。

2　罗帏：丝织的帘幕，指罗帐。

3　"那堪"句：那堪，哪能承受得起。那，同"哪"。堪，承受，忍受。媚，美好。

4　露华：露珠。

5　青丝：此指琴弦。

6　"偏能"句：钩引，同"勾引"。阑干，纵横交错貌，此处指眼泪纵横的样子。

7　檀眉：用檀香粉描画过的眉。

8　咽(yè)：阻塞，指心里堵得慌。

相见欢

罗襦绣袂香红[1]。画堂中。细草平沙蕃马[2]、
小屏风。　　卷罗幕[3]。凭妆阁[4]。思无穷。暮
雨轻烟魂断、隔帘栊。

　　唐教坊曲名,双调三十六字,上片三句三平韵,下片四句
两仄韵两平韵。

　　词写闺思。

　　首句直写女子。丝罗上衣,刺绣衣袖,美丽面庞。次句写
女子居于画堂中。三句写堂中屏风:细细的草,平坦的沙地,
白色的马儿停驻其间。屏风上一幅淡远闲逸的图画。

　　过片三句写女子动态。"卷罗幕",说明久睡未起;"凭妆
阁",登高望远也;"思无穷",透露了有所期待。

　　末句写女子心情。魂断,是因为隔着帘儿,看到了暮雨轻
烟。烟是愁媒介,雨是情博士,遭遇烟雨,女子终究是抵挡不
住啊!

　　刘熙载评五代小词"虽好却小,虽小却好",诚是之谓也。

1　"罗襦"句:罗襦,丝织的短衣。襦,短上衣,一般长不过膝。
绣袂,刺绣的衣袖。袂,衣袖。香红,此指美丽面容。温庭筠

《菩萨蛮》:"双鬓隔香红,玉钗头上风。"

2　蕃马:白马。蕃,通"皤(pó)"。

3　罗幕:丝罗帐幕。

4　妆阁:代指闺阁。

牛峤词

女冠子

　　绿云高髻[1]，点翠匀红时世[2]。月如眉。浅笑含双靥[3]，低声唱小词。　　　眼看唯恐化[4]，魂荡欲相随。玉趾回娇步[5]，约佳期。

───

　　词写男女约会。

　　字里行间，感觉到，男子欣喜留恋的眼光，始终未曾离开女子。因为女子本身，是一位绝世佳人。

　　上片前两句写妆容。首句写秀发乌黑发亮，发髻高高梳起，美发也。

　　次句写装饰美丽，妆容时髦。这就烘托出一个精致美丽的女子。三句写眉，眉如弯月。四句写酒窝，浅浅一笑，含羞带娇。五句写技艺，会用低低柔美的嗓子唱小词，那小词也许就是词人创作的吧。

　　上片写女子之美，过片两句写男子的感受。

　　男子如此着迷，炽热的眼神始终追随女子，但又恐将女子看得化了，这是一种多么细腻的情感！

　　下句与上句正好矛盾，男子虽能够管住自己的眼睛，却无法约束灵魂受到的激荡，它是生生要随着女子啊！这是写男子的痴情。

　　三句"回娇步"，透露男子是跟随在女子身后的胡思乱想，正应了一句歌词："走在你身后，矛盾在心头。"

　　"约佳期"，只有三字，写出女子主动与男子约下次见面的时间，看出女子的爱恋。

　　虽只有四十一字，无论是女子的妆容笑貌、声情美貌、柔姿蜜态，还是男子跟在女子身后的痴眼相随、心思复杂，都刻画如丝，如在面前，又一写情高手。

1　绿云高髻：绿云，指女子浓密乌黑光亮的头发。高髻，高高的发髻。

2　"点翠"句：点翠，指先用金或鎏金的金属做成不同图案的底座，然后再把翠鸟背部亮丽的蓝色羽毛镶嵌在上面而做成的各种首饰，此指精美首饰。匀红，指涂抹胭脂。时世，即时世妆，白居易有《时世妆》诗，此指流行入时的化妆风格。

3　双靥：脸颊两边的酒窝。

4　化：化掉，消失。

5　玉趾：白嫩似玉的脚趾，此指女子美丽的双脚。

女冠子

　　锦江烟水[1]。卓女烧春浓美[2]。小檀霞[3]。绣带芙蓉帐，金钗芍药花[4]。　　额黄侵腻发，臂钏透红纱[5]。柳暗莺啼处，认郎家。

　　词写女子之美，以及男女约会。

　　上片以"锦江"开头，交代了地点，带出了环境之美，令人想起杜甫之"锦江春色来天地"。

　　烟水，状江上烟雾弥漫、烟波浩渺。

　　卓女，即女主人公，用卓文君当垆卖酒之典故，言女子当垆卖酒，美丽富才情。

　　"小檀霞"三个字，形容女子如彩霞般鲜丽。

　　后两句描绘女子金钗与绣帐之华丽。"芙蓉帐"，暗用白居易《长恨歌》"芙蓉帐暖度春宵"典故，暗示男女情感之甜蜜；"芍药花"，取其别名，则又暗示分别。

　　下片前两句写女子之妆容与服饰。"臂钏透红纱"，美丽富有诱惑。

　　末两句，写女子主动去男子家与之幽会。柳暗莺啼，暗示两情之浓与乐。

　　"认郎家"，呼应上片之"卓女"，侧用文君夜奔相如之典故。

　　蜀地江景之丽与人情之开朗和美,乃本词特色。

1　锦江:岷江的支流,在四川境内。

2　卓女烧春:卓女,即指卓文君,此处用以代指当垆的女子。烧春,酒名。

3　小檀霞:形容女子妆容艳丽,如彩霞一般。

4　芍药花:别名将离、离草,古代男女分别,送此花以表达情谊。

5　臂钏:一种套在上臂的环形首饰。

更漏子

星渐稀[1]，漏频转，何处轮台声怨[2]。香阁
掩。杏花红。月明杨柳风。　　挑锦字[3]。记
情事。唯愿两心相似。收泪语，背灯眠。玉
钗横枕边。

———

词写闺中相思。

"星渐稀"，言天将明。"漏频转"，言漏声不断。"频"，女
子焦虑之外现。两句侧写深夜不眠。"轮台"句，写边塞传出
的哀怨之声。前三句写闺中思妇的想象。

由于情专，故遥隔千山万水，哀怨亦能听见，实是女子自
身哀怨之反传。

接下三句三景。香闺门掩，杏花绽红，明月下杨柳风吹。
也点出季节为春日。

下片写室内。前三句写女子挑灯写信，回忆前情，只愿男
子与己一样情深。

末三句写女子结束满浸眼泪的信，背灯而眠，钗落枕边。

灯照，钗落，和泪，背眠，这些画面，感发意味极强，韵深而
隽，给读者留下无法抹去的印象，可谓善造景善言情矣。

1　星渐稀：表示月明，或天将亮。

2　轮台：故址在今新疆，这里代指边塞。

3　挑锦字：前秦安南将军窦滔妻子苏蕙织锦为回文诗赠其夫，表达思念之情，后以织锦、挑锦字来比喻妻子写信给丈夫。

更漏子

春夜阑[1]，更漏促。金烬暗挑残烛[2]。惊梦断，锦屏深。两乡明月心。　　闺草碧，望归客。还是不知消息。辜负我，悔怜君。告天天不闻。

───

词写相思之苦。

首句点明季节和时间，二三句写夜深人未眠。更漏之声"促"，透露夜之寂静，女子闻漏声而心惊，产生漏声急促之感觉。四五句以"惊"领起，恰透露了此种心态，写梦断后闺房的孤寂和冷清。六句直抒胸臆，也是"阑""促""残""惊""断""深"这些景物与内心感受之源头与总结。

下片首句景移室外，望闺房外之青草，盼远行人归来。眼见闺草碧，则明时间已是白昼，更明女子未眠至天明，盼归之情切，无须多言。三句转折，言女子再次失望。"还是"透露一种常态，盼归不归的常态。

结束三句写女子情绪失控。一怨男子辜负，二悔曾经的怜惜。"告天"则表明怨悔到了极点，而"天不闻"则不应，又在无以复加的怨恨上增加了无助和无奈，情绪绝望到了极点。

本词上片二三句与韦庄《谒金门》词几乎全同，亦说明此为常见之闺怨题材，但本词在情绪的铺垫、失意怨恨的描写上，既契合女子的口吻和心态，又显得自然随意，浑似脱口而出，则又显独特。

汤显祖评《花间集》卷二："女娲补不到，天有离恨天。世间缺陷事不少，天也管不得许多。"萧继宗亦云："末三句貌似纯真，实为率笔。"（《评点校注花间集》）都是就末三句表达之独特而言。

1 夜阑：夜深。
2 金烬暗挑残烛：韦庄《谒金门》："春漏促。金烬暗挑残烛。"

更漏子

南浦情[1]，红粉泪。争奈两人深意[2]。低翠黛[3]。卷征衣[4]。马嘶霜叶飞。　　招手别。寸肠结[5]。还是去年时节。书托雁[6]，梦归家[7]。觉来江月斜[8]。

———　　词写思妇之愁。

首句三字化用江淹"送君南浦，伤如之何"，写别情。次句写别时落泪。"低翠黛，卷征衣"写分别在即，女子微蹙双眉，为行人准备征衣。下一句写分别时情景，马嘶肠断，"霜叶飞"则烘托出女子心中的凄凉。

下片前三句回述往事，承接上片，并点明上片所写只是去年别时场景，属于倒叙手法。但却写得形象，如在目前。

深味之，是女子情深，故别时情景深刻在脑中，而充分运用倒叙法，也是内容与形式的完美结合。

最后三句写女子现今处境：白日希望大雁传书，夜晚梦到征人归家。

结尾一句"觉来"，表示一切如梦，梦醒后心惊、凄凉。

本词作者由于运用一些同类题材的诗句，并将它们巧妙地融化在词中，使词除了可以歌唱与侑酒之外，更增添了文字的耐读性,具有了案头文学的一些质素。

1　南浦情：指送别之情。江淹《别赋》有"送君南浦,伤如之
何"句。

2　争奈：怎奈。

3　翠黛：古代女子用一种黑青色的矿物染料画眉,由此称美
人的眉毛为翠黛。

4　征衣：旅人的衣服。

5　寸肠结：表示非常伤心。

6　书托雁：托大雁传书信。

7　梦归家：梦见征人归家。

8　江月斜：化用张若虚《春江花月夜》结尾"江水流春去欲
尽,江潭落月复西斜。斜月沉沉藏海雾,碣石潇湘无限路",表
示思妇的期盼,以及人未归的失望。

菩萨蛮

舞裙香暖金泥凤[1]。画梁语燕惊残梦[2]。门外柳花飞[3]。玉郎犹未归[4]。   愁匀红粉泪[5]。眉剪春山翠。何处是辽阳[6]。锦屏春昼长。

词写春日闺愁。

首句写女子妆饰。舞裙,表明身份是舞女;香暖,表示舞罢不久,裙上还留有温暖的体香。

次句写梦被檐间燕子呢喃声惊醒,做梦不成。

三句写彼时门外正飘柳絮,暗示春的到来。

前三句蓄势,第四句直写情人远行仍未归。

"犹"透露女子的盼望一再落空。由舞衣余香、燕惊残梦、柳絮翻飞到玉郎未归,思妇主题显现。

下片写闺愁。以"愁"字领起,定调。

前两句写女子流泪、蹙眉,烘托憔悴、伤心。

"何处"句写女子好奇辽阳地处何方,化用金昌绪"打起黄莺儿,莫教枝上啼。啼时惊妾梦,不得到辽西",暗写辽阳是她魂牵梦绕之地,也是令她不断惊心之地。

末句"锦屏春昼长",紧扣春天和闺房,再次点明主题是春日闺愁,收束得高妙。

　　但这句本身,亦给人一种画面的定格,暗示女子生活一成不变地在思念远人,也可谓语意未尽、韵味悠长。

1　金泥凤:以金粉印出来的凤凰图案。

2　"画梁"句:画梁,雕饰有图案的屋梁。语燕,叽喳呢喃的燕子。

3　柳花:指柳絮。

4　玉郎:本指女子对喜爱的人的爱称,泛指青年男子。

5　匀:抹,擦拭。

6　辽阳:在今辽宁省辽阳市南,此指男子所在的偏远的地方。

酒泉子

记得去年，烟暖杏园花正发[1]，雪飘香[2]。江草绿，柳丝长。　　钿车纤手卷帘望[3]。眉学春山样[4]。凤钗低袅翠鬟上。落梅妆[5]。

　　这一词牌多达二十二体，字数从四十到四十五字不等，押韵也不同。本词即为又一体，双调四十二字，上片五句两平韵，下片四句三仄韵一平韵。

　　词写一次偶遇。

　　首句以"记得去年"入题，表明追忆，亦示印象深刻，必是一段难忘记忆。

　　次句表明地点在杏园。柳烟弥漫，春花盛开，如雪的花朵飘散迷人香味；再加上草绿柳丝长，一切都是那么美好！

　　上片皆在渲染美景，由景美衬托即将出场的人美。

　　下片四句写偶遇女子的美丽。

　　钿车是相遇的媒介，女子透过钿车卷帘外望，看到了美好的春天，也令男子看到了她，是惊艳的开始。

　　次句写眉如春山，烘托出娟秀面容。

　　三句透过秀发上低袅的凤钗，刻画出妩媚与娇羞，鬟形发髻更衬托出年轻的美好纯真。

　　"落梅妆"为点睛之笔,既将女子的美丽描绘到极致,又戛然收束,令人回味。

　　下片女子之美,尤其是结尾之梅妆,亦是对上片开始"记得去年"的照应,这一系统完成的轮回,不仅令词人为偶遇女子之美念念不忘,亦令读词之人心生感伤——如此美人,今不知在何处?

　　所谓"人面不知何处去,桃花依旧笑春风"。

　　这大约是词人中举后参加新科进士杏园之宴时发生的情事,虽杳无鸿迹,但年轻的心充满浪漫,是一种纯纯粹粹的爱。

1　杏园:园名,故址在今陕西西安市大雁塔南,是唐代新科进士赐宴之地,也泛指新科进士游宴的地方。

2　雪飘香:花色如雪,飘散着香味,暗指杏花。

3　钿车:用金宝来装饰的车子,比喻车子华贵。

4　眉学春山样:眉毛仿照春山的样子。春山,因春日山色黛青,故用以比喻女子美丽的眉毛。

5　落梅妆:又称"梅花妆"、"寿阳妆",古代女子的一种面部妆饰。相传南朝宋武帝之女寿阳公主,一日卧于含章殿檐下,梅花正好飘落在她的额头上,成五出之花,拂之不去,人们因仿效之,称为梅花妆。

玉楼春

春入横塘摇浅浪[1]。花落小园空惆怅。此情谁信为狂夫[2]，恨翠愁红流枕上[3]。　　小玉窗前嗔燕语[4]。红泪滴穿金线缕[5]。雁归不见报郎归，织成锦字封过与[6]。

双调五十六字，因押韵不同，分为四体，此为一体，上下片各四句，三仄韵。

词写女子相思。

起句意境开阔。"入"字，写春天执拗地到来；"浅浪"，写春日的温和润泽。

次句意境收回，情绪显影。"花落"，本易使人惆怅，何况，在"惆怅"之上，又加一"空"字，闺愁情绪彰显无遗。

三句既承又转，"谁信"，不信也，但又暗含反问，是推也推不开的情，释又释不开的怀。

"恨翠愁红流枕上"，泪污翠眉，打湿枕头，写愁情，又落入俗套。

小玉，女子也。"窗前嗔燕语"，思念无以排解，迁怒于呢喃梁燕。"红泪滴穿"，泪多也，远承上片，稍显重复。

三句写雁归人不归，末句织锦捎书。

　　全词皆为七言,缺乏一般词体之长短摇曳,且情绪浅露,风格上更类诗而非词,尤其是上片前两句。

1　横塘:指水塘。

2　狂夫:古代女子对人称丈夫的谦词。

3　"恨翠"句:恨翠,指眉。愁红,指眼泪。此句是说眉妆晕染,眼泪打湿枕头。

4　"小玉"句:小玉,此处指思妇。嗔燕语,嗔怪燕子双双飞来,在檐下低声呢喃。

5　金线缕:用金丝线缝制的罗衣。

6　过与:给与。

张泌词

浣溪沙

枕障熏炉隔绣帷[1]。二年终日苦相思。杏花明月始应知[2]。　　天上人间何处去[3]，旧欢新梦觉来时。黄昏微雨画帘垂。

词写相思。

首句说明夜卧。帷帐外是枕障，枕障与帷帐之间是熏炉。一个"隔"字，说明帷帐低垂，人在帷帐之中。次句直抒胸臆，言明相思时间之长、相思之苦。三句接以杏花、明月，言杏花、明月知道女子常常失眠。

"隔""苦""始"，上片三个单字用得极传神，表达出了女子与意中人相隔万里、相思之辛苦。

下片"天上人间"似为脱口而出的浩叹，人到悲苦之极时才会呼天抢地。此处之天上人间，一为不知对方身在何处，二为天上人间漫无边际追寻，三为如天上与人间一样差异之大、阻隔之远，一语数意。"旧欢新梦"，新旧对比，旧日欢于今日梦中相会，梦醒时的失落与绝望，可想而知。

末句寄情于景。正所谓一首交响乐，高潮过去是尾声，中间虽然情绪波动很大，思念很苦，但终究无法突破，日子还得寻常过。故有视线落在帘外，彼时正值黄昏，下着微雨，画帘低垂。终究是隔了一层,与外界,与梦中,与旧欢,与那个思念的人,遥应"隔"。

　　本词之单字,可视为词眼者,如"隔""苦""垂"。沈际飞评:"到末句自然掉下泪来。"(《草堂诗余别集》卷二) 许昂霄曰:"不言而神伤。"(《词综偶评》)确实如此。

1　"枕障"句:枕障,枕屏。熏炉,用以熏香或取暖的炉子。

2　始应知:方应知,才应知。

3　天上人间:白居易《长恨歌》:"但教心似金钿坚,天上人间会相见。"崔颢《七夕》:"仙裙玉佩空自知,天上人间不相见。"

浣溪沙

花月香寒悄夜尘。绮筵幽会暗伤神[1]。婵娟依约画屏人[2]。　　人不见时还暂语，令才抛后爱微颦[3]。越罗巴锦不胜春[4]。

词写幽会及忧愁。

上片首句七字涉及六个意象，花、月、香、寒、夜、尘，写尽春夜里花的幽香、月的朦胧、花香之袭人、春寒之料峭、夜的迷乱以及尘土的消歇，烘托出一个暗流涌动的春夜。

次句写词人与女子相遇在一次筵席间。即使华烛高烧、歌逐弦吹，都无法把词人的心思吸引过去，他正为如何与女子相会而暗自伤神。

三句写二人幽会，"画屏人"描绘出男子的赞叹，这个女子，真像是画屏里的人啊！

下片写幽会后女子的心思。

对男子，也许这只是一次逢场作戏，而对于女子，却倾注了太多移不去的情感，所以才会有自言自语，一痴也。

下句明显表明女子有被抛弃的感觉，而她所能做的，也只有常常微颦双眉了，二无奈也。

结句虽言越罗巴锦不堪春天的热闹与美好，实是言女子的忧伤脆弱、触景而伤呀！对于爱情的离去与失意，作为女子，又能如何呢？

　　整首词写得忧伤、淡雅而美好。况周颐说："张子澄词，其佳者能蕴藉有韵致，如《浣溪沙》诸阕。"的确如此。

―――

1　绮筵：华丽丰盛的筵席。

2　"婵娟"句：婵娟，此指美丽女子。依约，分明是。画屏人，画屏里的人。

3　"令才"句：令才，很高的才华，此指男子。抛，抛弃。微颦，微微地皱眉。颦，皱眉。

4　越罗巴锦：古代吴越的罗、巴蜀的锦都很出名，此指穿着华丽。

浣溪沙

晚逐香车入凤城[1]。东风斜揭绣帘轻[2]。慢回娇眼笑盈盈。　　消息未通何计是[3]，便须佯醉且随行[4]。依稀闻道太狂生[5]。

词写一次当街追女的经历，刻画出少年的自信与轻狂。

首句前两字交代了时间和事件。晚，傍晚。逐，追逐，直入主题。香车，女子所坐之车。入凤城，说明男子为了车中女子，已经追随了很长的路，一直从郊外追入了京城内，可见执着。

二三句写追逐过程中的惊艳。东风斜揭绣帘，得以一睹女子芳颜。东风有意，绣帘轻，也似乎女子有意。

车窗是两人唯一的沟通渠道，男子通过此得睹女子真容，暗生爱恋；女子借此得睹男子的执着尾随，漫不经心地回眸，含笑含羞。

下片首句即言消息未通，不知有何办法进一步接近，显出男子的急切。

"便须"句是男子情急中的下策，厚着脸皮，假装醉酒，为一路追随找来借口。

结句十分形象，男子耳中依稀听到女子娇嗔的话语："太狂了！"似怒实喜，似骂实爱，生动地活画出女子害羞、懊恼、喜悦、微怒的复杂微妙心理。

《栩庄漫记》评此词曰："子澄笔下无难达之情，无不尽之境，信手描写，情状如生，所谓冰雪聪明者也。如此词活画出一个狂少年举动来。"真是善写幽微细节也。

1 凤城：京城。

2 东风斜揭：东风将车上的绣帘揭开。

3 消息未通：此指对车中女子的心意无由传达。

4 佯醉：假装喝醉了酒。

5 太狂生：太狂妄了。生，语助词。

河　传

　　渺莽[1]，云水。惆怅暮帆，去程迢递[2]。夕阳芳草，千里万里。雁声无限起。　　梦魂悄断烟波里[3]。心如醉。相见何处是。锦屏香冷无睡。被头多少泪。

　　《河传》有多种体式，张泌此体为又一体。双调五十一字，上片七句四仄韵，下片五句五仄韵。

　　词写送别及别愁。

　　开首两字"渺莽"，语带双关，一是云水渺茫，一是前路渺茫。

　　三句四字，交代时、地、事、情。"暮帆"，言水畔傍晚送别，"惆怅"，送者情绪低落。

　　"去程迢递"，写征人旅途遥远。这就更添惆怅，直接引领下面三句："夕阳芳草，千里万里，雁声无限起。"

　　芳草萋萋，可惜已是近黄昏时候了，平添愁绪；千里万里，离人日渐远去，心被牵挂，自然脱不去愁绪；大雁哀鸣，不仅勾动离人愁绪，而且"无限起"，不断的哀鸣，叫离人怎一个愁字了得！

　　三句境界开阔，天上地下，千里万里，空间也阔大，但天地之大,写满了一个"愁"字。词人调动意象与情绪的能力一流。

下片写别后思念。

"烟波",烟雾笼罩的江面,本就浩渺;何况梦魂断于此,更加浩渺无垠,无法收拾起;再加上是"悄断",何处捡拾? 惆怅到家!

"心如醉",魂断梦醒后,心情沉醉,入迷之深也。

"相见何处是"句承应上下片首句,亦是表达渺茫、迷惘。

结尾两句写女子闺中幽独,暗自垂泪。

离愁与别绪是花间词最常见主题,正因如此,很容易写得烂俗而没有感觉,或重复的构思与立意令人生厌。张泌词却能于常见情景与情绪中出新,令人入迷,非常不易。

正如况周颐所说:"又《河传》云'夕阳芳草,千里万里,雁声无限起',又云'斜阳似共春光语',只是不尽之情,目前之景,却未经人道。"

正因为是目前之景,不尽之情,却能巧妙描画,给人似曾相识之感,又令人折服于这种细腻到位的表达。

---

1   渺莽:渺茫,因太远而模糊不清。

2   迢递:指路途遥远。

3   烟波:烟雾笼罩的江面。

酒泉子

春雨打窗。惊梦觉来天气晓[1]。画堂深，红焰小。背兰釭[2]。　　酒香喷鼻懒开缸[3]。惆怅更无人共醉。旧巢中，新燕子。语双双。

词写春思。

首句以听觉入词，并交代天气状况。

次句写春雨敲窗，导致梦被惊醒，反写睡眠不好，心中有事。"天气晓"，天刚破晓。

接下三句写室内环境。"深"，显出画堂之大，反衬女子孤独。"小"，写蜡烛将燃尽。"背"，写背对灯光，不愿接受光的照射。

下片两句通过"懒""无"两个否定句，写出女子与环境的违拗，以及内心的纠结。酒香扑鼻，本应开缸痛饮，但一个"懒"字，阻止了可能的行为的发生；心中惆怅，本应邀人与己同醉，但却身边无知己，慵懒、孤独之至。

结尾三句景移室外。"旧巢""新燕"，新旧对比；"双双"与自己之孤独，又成一对比。女子不能不伤感、自惜。

全词含蓄蕴藉，乍看似以闲笔写春天，写春雨、春夜、春晨、春燕，写画堂、红焰、兰釭，写酒香、燕巢、燕语，但从

"懒""醉""无人""双双"中，我们还是捕捉到了女子细腻深婉的内心活动，以及她的情感波动和需求。

汤显祖曰："抚景怀人，如怨如慕，何减《摽梅》诸什。"评价甚高。

———

1　觉来：睡醒，醒来。

2　兰釭：即"兰缸"，燃兰膏的灯，用以指精美灯具。釭，一作"缸"。

3　"酒香"句：喷鼻，指香气扑鼻。缸，酒缸。

南歌子

岸柳拖烟绿，庭花照日红。数声蜀魄入帘栊[1]。惊断碧窗残梦，画屏空。

本词为《南歌子》又一体式，单调二十六字，五句三平韵。词写闺思。

前两句写春日美景。首句写岸边柳树抽条泛绿。"烟绿"，烟雾朦胧的绿色，此为春日水边特有之氤氲氛围。

次句写庭院中红花在太阳下耀眼闪亮。"拖"、"照"用得传神。

下三句写夜晚闺中独宿。几声杜鹃的鸣叫传入帘内，本就不易入睡的女子被惊醒，也惊断了她在碧纱窗下所做之梦。残梦，喻梦中无法相会。

"画屏空"，显示画上留白较多，给人空旷之感，而"空"，更喻女子期望落空，有一场空的感觉。

所有的思念，不明言，无戾语、恨语、过激之语，纯以典雅之景与淡淡之情取胜，宛如一幅春日闺思图，但感染力却于读后慢慢晕染。

1　"数声"句：蜀魄，即杜鹃鸟。帘栊，窗帘和窗牖，也泛指门窗的帘子。

河渎神

　　古树噪寒鸦[1]。满庭枫叶芦花。昼灯当午隔轻纱[2]。画阁珠帘影斜[3]。　　门外往来祈赛客[4]，翩翩帆落天涯[5]。回首隔江烟火，渡头三两人家。

　　双调四十九字，上片四句四平韵，下片四句两平韵。

　　本词依词牌义敷衍。

　　上片写神庙里的景物。

　　古树上寒鸦鸣叫，衬托出庙之幽静。次句写庭中植物，枫叶芦花，都为秋天特有之植物，枫叶红，芦花白，景色明丽照人。三句写神庙里白昼点的神灯，隔过轻纱罩散出光亮来，写神殿内大而暗，需点长明灯。四句写雕饰精美的阁楼上，珠帘摇动，阳光斜斜射在上面。

　　上片刻画出一个本身幽静的神庙。

　　下片首句写来神庙里祈求还愿的香客往来不绝。次句写疾驰的帆船消失在天涯。五六两句闲闲写来，回望隔江烟火，渡头住着三两户人家。

　　"回首隔江烟火，渡头三两人家"，非常有意境，也有隐逸趣味。

　　马致远之"枯藤老树昏鸦",大约也是脱胎于首句之"古树噪寒鸦"。

1　噪:鸟叫。

2　"昼灯"句:昼灯,神庙里白天点的灯。轻纱,指灯罩上笼罩的轻纱。

3　"画阁"句:画阁,神庙里雕饰精美的楼阁。珠帘,用珠子串成的帘子。

4　祈赛客:祭祀求神并酬神的香客。赛,报答。

5　翩翩:轻疾飞快貌。

蝴蝶儿

蝴蝶儿。晚春时。阿娇初着淡黄衣[1]。倚
窗学画伊[2]。　　还似花间见，双双对对飞。
无端和泪拭胭脂[3]。惹教双翅垂[4]。

双调四十字，以词中起句为名，上片四句四平韵，下片四
句三平韵。

词写少女画蝶一幕。

起首两句，晚春时节，蝴蝶翩飞，惹动少女春情。三句写
少女换上春日淡黄色的罗衣，在窗下学画蝴蝶。

下片前两句写画中之蝴蝶翩翩，如在花间成双成对飞舞。
与少女之独自一人成鲜明对比，故触动了她的情绪，平白无故
擦拭起腮边的胭脂泪。

心思细腻，方才能捕捉这一幕。

结句用拟人手法，写少女落泪引起蝴蝶怜悯，垂下双翅，
立于少女眼前。

此句虚实相生，"双翅垂"的蝴蝶，既可理解为真实的蝴
蝶立于眼前，也可理解为画上之蝴蝶不飞而停。词中未明言
少女因何拭泪，但少女之伤春怀人尽显。

所有一切，都是在轻轻巧巧的女儿情态中展开、定格，所

谓将"不尽之情,目前之景,却未经人道"者,惟妙惟肖地刻画了出来。

1　阿娇:汉武帝陈皇后小名叫阿娇,此代指词中美丽少女。

2　伊:此指蝴蝶。

3　无端:无故。

4　惹:招惹。

毛文锡词

赞成功

海棠未坼[1]，万点深红[2]。香包缄结一重重[3]。似含羞态，邀勒春风[4]。蜂来蝶去，任绕芳丛。　　昨夜微雨，飘洒庭中。忽闻声滴井边桐。美人惊起，坐听晨钟[5]。快教折取，戴玉珑璁[6]。

词咏海棠。

上片写海棠花。前两句写海棠花未开，花苞颜色深红。"万点深红"，是远望海棠花苞状。"万点"，状海棠花苞小而密实；"深红"，状海棠花苞之颜色。短短四字如一幅水墨画，点染出海棠花苞的神韵。

三句具写海棠花苞。"缄"，密封，状包裹之紧；"一重重"，状包裹层数之多。"似含羞态"，将海棠花苞拟人化。海棠花打苞、未开之际，恰似少女之含羞懵懂之时。"邀勒春分"，写出花苞在春风中摇曳之态。

接下两句，写蜜蜂、蝴蝶绕着海棠飞舞忙碌，侧面写出其芳香动人。

下片融入景与人。前两句写天气和景物。交代了庭中落雨，并交代了具体时间——夜。由于是夜里，视物不明，听觉异常敏锐。故下句写井边雨打梧桐。"闻",加入了人的视角,言雨打梧桐声是人听到的。"忽",揭示了状态,也暗示人之突然听到。为下句之"惊起"铺垫。

"美人",明确了主人公之性别。则上句之"闻"为美人"闻"。"坐听晨钟",指美人被惊醒后一直未眠,一直坐到天明。实际上此句的作用是时间上的过渡。

结尾两句,为女子话语。她让身边仆人快去折下海棠花,她要将其戴在头上。虽然是写人之语言、动作、情态,实际仍是围绕海棠,暗写海棠经一夜微雨,已经开放,亦可想见其美丽。而"玉珑璁"这样的形容,就是状海棠之粉雕玉琢之美。写得很巧妙。

但"美人"一词的运用,显得有些生硬,加强了女子的他者身份,而使景与人之间的关系显得有些不自然,似乎人与景又成了他人视线之内的景物,少了一丝鲜活与自然。

1　未坼(chè):未裂开。坼,一作"拆"。

2　深红:指海棠深红色的花苞。

3　香包:花苞。

4　邀勒:强迫,逼勒。

5　晨钟:清晨的钟声。

6　玉珑璁:又作"玉珑松",花名。

更漏子

春夜阑[1]，春恨切。花外子规啼月[2]。人不见，梦难凭。红纱一点灯。　　偏怨别。是芳节。庭下丁香千结[3]。宵雾散，晓霞辉[4]。梁间双燕飞。

───

词写相思。

上片由春夜写起，交代时间。夜阑，夜将尽也，间写女子失眠。为何失眠？接以"春恨切"。

心中有什么样的春恨？一步步破解。

春夜里，春花，春月，还有杜鹃鸟。杜鹃的悲情色彩及象征意义，与怀人有关。

接下来即写："人不见，梦难凭。"明确女子之恨是由相思引起。"红纱一点灯"，既写失眠难合眼，又营造了一种梦幻忧伤的气氛。

下片写女子的愁怨。"宵雾散，晓霞辉"，紧扣词牌所表达之情景，而结句梁间双燕飞翔，则突显女子之孤独寂寞，也可谓点题。

全词中规中矩，娴于纯熟的格律与句式的承转要求，具有一定可读性。

1　春夜阑：春夜即将尽。

2　子规：即杜鹃鸟。

3　丁香千结：表示十分忧愁。丁香结，指丁香的花苞，古人发现丁香结极像人的愁心，所以用来比喻忧愁。

4　辉：此处用作动词，照耀的意思。

中兴乐

豆蔻花繁烟艳深[1]。丁香软结同心[2]。翠鬟女[3]。相与。共淘金[4]。　　红蕉叶里猩猩语[5]。鸳鸯浦[6]。镜中鸾舞[7]。丝雨。隔荔枝阴。

词写岭南风情。

本词不同于一般典型的花间词之处在于：首先，活动场景不同。一般的花间词场景都是室内或庭院，而本词则是在无拘无束的大自然。其次，所描写的内容不同。一般的花间词大多以表现女子的相思、愁怨为主，或者说，主要以反映女子一己之情感哀乐为主，本词则是反映女子在大自然中的劳作与愉悦平静的情感。

她们在繁华茂密的豆蔻花丛中，在阳光明媚的春日，在丁香的幽香中，相约着，一起去河边淘金。在高大的红蕉叶下，她们可以听到猩猩的低语。在鸳鸯浦中，感受着如丝般细密柔软的春雨，隔着荔枝的树荫滴了下来。

本词最人的特点是，频繁使用植物意象，如豆蔻、丁香、红蕉、荔枝，以及难得一见的动物意象——猩猩。所有的这些植物、动物，都有一个共同点，即或盛产或生长于岭南，范围如果缩得再小一些，就是在广东。

　　这些地域性极强的动植物，为本词营造了一种特殊的氛围，仿佛我们走入了土地湿润、枝叶高大茂密的南国，领略到了南国的自然风貌。而且，还领略到了在词中不易被写入的一种谋生手段——淘金。

　　本词在词的内容与意象的开拓上，具有一定意义。尤其是淘金女的出现，极具史料价值。李调元《雨村词话》卷一曰：“古淘金多妇女，大约出于两粤风俗。毛文锡《中兴乐》词云(略)，结粤中俗也。今楚蜀多有之，然皆用男子矣。”

1　豆蔻：多年生草本植物，外形似芭蕉，花淡黄色，果实扁球形，种子像石榴子，有香味，果实和种子可入药，诗文中常用以比喻少女。产于广东、广西。杜牧《赠别》：“娉娉袅袅十三余，豆蔻梢头二月初。”

2　丁香软结同心：丁香花蕾形状似同心结。丁香，古代广东、广西、海南等地有栽培。

3　翠鬟女：指美女。翠鬟，妇女环形的发式。

4　淘金：用水选法去沙取金。

5　“红蕉”句：红蕉，别名红花蕉、观赏芭蕉、红姬芭蕉等，分布于广东、广西等地区。猩猩语，《水经注》交趾平道县：“县有猩猩兽，形若黄狗，又似貆狖，人面，头颜端正。善与人言，音声丽妙如妇人好女，对语交言，闻之无不酸楚。其肉甘美，可以断谷,穷年不厌。"交趾包括今广东及越南北部。

6　鸳鸯浦：鸳鸯栖息的水滨,比喻美色荟萃之地。

7　鸾舞：鸾鸟起舞,比喻和乐。

醉花间

休相问[1]。怕相问。相问还添恨。春水满塘生，鹨鹈还相趁[2]。　昨夜雨霏霏[3]，临明寒一阵。偏忆戍楼人[4]，久绝边庭信[5]。

唐教坊曲名，双调四十一字，上片五句三仄韵一叠韵，下片四句两仄韵。

词写相思。

起首三句表达了女子的愁肠辗转。三句三用"相问"，说明此念在女子心中反复盘桓，几层意思曲折写出女子不同一般的愁思。巧妙的重复带给人深刻的印象和耳目一新的感觉。

下两句写春水生满塘，鹨鹈相伴而游，一幅温馨和美图景，与前三句形成极大反差。由此，大致可知女子之恨，与相思有关了。

下片前两句"雨霏霏"、"寒一阵"，表面描景，实则言情，表明女子内心风雨不定。

结尾两句点题。"偏"字，表明执拗但又无法抑制思念。"久绝"表明征夫离家已久，且无音信，紧扣开篇所言之恨。

如此，把一个思念守边征人的思妇的心理生动刻画出来了。

　　况周颐说:"《花间集》毛文锡三十一首,余只喜其《醉花间》后段'昨夜雨霏霏'数语,情景不奇,写出正复不易,语淡而真,亦轻清,亦沉着。"(《餐樱庑词话》)

　　此言有一定道理,我则认为开首三句三个"相问",相比而言更新奇些。

1　休:不要。

2　"鸂鶒"句:鸂鶒,一种类似鸳鸯的水鸟,喜同宿同游。相趁,相伴,跟随。

3　霏霏:此处形容雨下得密集的样子。

4　戍楼人:此指守卫边关的人。戍楼,古代边防驻军的瞭望楼。

5　边庭:即边地、边关。

醉花间

深相忆。莫相忆。相忆情难极。银汉是
红墙[1]，一带遥相隔。　　金盘珠露滴[2]。两
岸榆花白。风摇玉佩清[3]，今夕为何夕[4]。

词牌之又一体，不同主要在押韵上，上片五句三仄韵一
叠韵不变，下片四句三仄韵，而非此前介绍的同一词牌之两
仄韵。

本词很难用传统题材形容。

开首三句，似叙一般男女相思，但四五句气魄陡大，银河
成为平常的红墙，而两河之间的距离，仅有一衣带水之隔，让
人想起《古诗十九首》言牛郎织女之"河汉清且浅，相去复几
许。盈盈一水间，脉脉不得语"，则似在形容织女之相思。

下片"金盘"句，用汉武帝造柏梁台铜柱、上有承露仙人
典故，似说人间事；而"两岸"句，又与汉乐府《陇西行》"天
上何所有？历历种白榆"似曾相识，又在说天上事。

"风摇玉佩清"一句，仿佛于风中听到凌波微步、环佩玎
珰之声，仙气十足。

而末句有新婚之夜感叹遇到佳人的惊喜，如《诗经·唐
风·绸缪》所言："今夕何今，见此良人。"

　　本词除开头三句，几乎句句浸染仙风，而金盘承露之典故，又因李贺《金铜仙人辞汉歌》为更大多数读者所熟知，况且以银河为红墙、两岸之距离为一衣带水之隔，如此极度夸张，又极有东晋以来游仙诗之特质。

　　所以，本词大约是以天上牛郎织女之事，来喻人间难得的男女相会，其主题，与后来北宋秦观《鹊桥仙》（纤云弄巧）之主题恰合。

　　清代学者沈初有诗曰："助教新词《菩萨蛮》，司徒绝调《醉花间》。晚唐风格无逾比，莫道诗家降格还。"助教，温庭筠也；司徒，则是毛文锡。

　　况周颐认为他另一首《醉花间》之"昨夜雨霏霏"写出不易，我则以为本词洋溢其间之仙道诗之风致、各句暗含之典故，更耐人寻味些。

1　银汉：指银河。

2　金盘：承露盘。传说汉武帝建柏梁台，其上有铜柱，高二十丈，上有仙人模样金人捧金盘，以承接露水。

3　清：此指风吹玉佩发出的清脆的声音。

4　今夕为何夕：典出《诗经·唐风·绸缪》："今夕何夕，见此良人。"

牛希济词

酒泉子

枕转簟凉[1]。清晓远钟残梦[2]。月光斜，帘影动。旧炉香。　　梦中说尽相思事。纤手匀双泪[3]。去年书，今日意。断离肠。

双调四十字，上片五句两平韵、两仄韵，下片五句三仄韵、一平韵。平仄错叶。

词写相思。

首句"枕转"，枕上失眠，正如《诗经·周南·关雎》"求之不得，寤寐思服。优哉游哉，辗转反侧"，是在犯相思。簟凉，秋已来临，身感到凉，也是心凉。

下句以三种事物烘托。天已拂晓，远处传来隐约钟声，梦被惊醒，却似乎又没做成什么梦。眼睛望去，月光斜斜照进，帘上花影拂动，炉内散发出昨日残留的清香，周围清冷静谧。

下片首句回忆梦中事。梦中事，是现实生活之延续，故醒后还垂有双泪，还纤手擦抹。

结尾三个三字句，去年书，说明已久无音信，人已杳然，时已流逝，但相思断肠之意，却仍如当日，深刻、伤痛。

这是一首中规中矩的闺愁词，从起承转合，首句之点题，结尾之收束，都十分纯熟，可为同类词之样本。

1 簟:竹席。

2 "清晓"句:清晓,拂晓。远钟,远处传来的表示时间的
钟声。

3 匀:擦拭。

生查子

　　春山烟欲收[1]，天澹稀星小。残月脸边明[2]，别泪临清晓。　　语已多，情未了。回首犹重道[3]。记得绿罗裙，处处怜芳草。

　　本词属《生查子》又一体，上片四句两仄韵，下片五句三仄韵。

　　词写离别。

　　上片四句，总写天将破晓时之景与女子之失眠垂泪，句句如美画。

　　首句点明时地，春日山间，弥漫的烟雾即将散去。"收"，用得奇。

　　次句写天亮星星显得稀少而小。

　　三句，本来残月自天上挂，女子自床上失眠，可词人将残月与女子距离拉近，好似残月就在女子脸庞边，而女子之脸因残月如此近的照射，显得明亮而有了光环，非常美而奇的搭配与发现！

　　"别泪"点明主题，词写两人离别。别时正值天淡星稀的拂晓。

　　下片承接上片提到之离别，具写离别场面。

"语已多，情未了"，表明情浓，再多的语言都无法尽情。

"回首"句，则是女子对男子的叮咛，结尾两句是叮咛的话语："记得绿罗裙，处处怜芳草。"

以平常细腻的小女儿语，告诫情人别忘了自己，见到芳草时，就应想起自己的绿罗裙。

由怜己到怜芳草，情感散发、升华，弥散开去。

此词上片如画，下片"绿罗裙"两句亦是极别致语，词人而有此词，已不枉为词人矣。

1　烟：此指春日植物间湿润蒸郁之雾。

2　残月：弯弯的月亮，指月初或月末之月。

3　犹重道：还再说。

欧阳炯词

浣溪沙

天碧罗衣拂地垂[1]。美人初着更相宜。宛风如舞透香肌[2]。　　独坐含颦吹凤竹[3]，园中缓步折花枝。有情无力泥人时[4]。

词写女子的美丽情态。

上片前两句写美人着装。天蓝色长垂及地的罗裙，穿在美人身上，怎么看都十分相宜漂亮。

三句写柔风婉转，吹动罗裙如飞舞，女子肌肤惬意，体香散发。

下片写女子的姿态。

独坐时，双眉微蹙，吹着凤箫；无聊时，园中散步，随意缓缓地折下花枝来嗅；累了时，慵懒地倚靠在情人身上，一幅娇憨模样。

本词胜处即在细腻生动地描画出年轻女子特有的美丽多情、温柔娇媚，读来如在眼前。

1　天碧：天蓝色。

2　宛风：软风。

3　凤竹：此指箫笙一类的管乐器。

4　泥人：依赖、撒娇。

南乡子

嫩草如烟。石榴花发海南天。日暮江亭春影绿。鸳鸯浴[1]。水远山长看不足。

———

单调二十八字,五句两平韵、三仄韵。

词写美丽春景。

春草嫩绿,草上有烟雾蒸腾。南方的春天,石榴花红艳如火,与浓密的绿形成艳丽的对比。日暮的江畔亭边,春景倒映在绿色的水中,鸳鸯在惬意地游戏。

结尾一句总写山水景美,使人长看不足。

词人精通绘画,所以,他的词常有极强的画面感,善于词中摹写美景。

———

1　鸳鸯浴:指鸳鸯双双在水中游戏。

南乡子

画舸停桡[1]。槿花篱外竹横桥[2]。水上游人沙上女。回顾。笑指芭蕉林里住。

词写水乡风物。

首句以词人视角，表现画船停下。画船到底因何停下？暂且不知。

停在何处？在开满木槿花的篱笆外、横有竹桥的地方。槿花、竹桥，清雅的乡野隐逸情趣顿出。

三句写人，水上的游人和沙滩上的女子。写水上游人是为了衬托沙滩上行走的女子，以免过于突兀和露骨。

女子如何？"回顾"，女子的娇媚皆于二字体现。此处之回顾，亦即回眸，娇媚自出。

女子为何"回眸"？原来是"笑指芭蕉林里住"，笑着给别人指出，家就在芭蕉林里住。

"笑"字传神。女子的浅笑、含羞、天真，藉此体现。

至此，男子的停下画舸，似有了满意答案。

1　画舸（gě）：画船。

2　槿花：木槿或紫槿的花，花朵艳丽。

南乡子

路入南中¹。桄榔叶暗蓼花红²。两岸人家微雨后。收红豆。树底纤纤抬素手。

词写南粤一带风俗美景。

开头"路入南中",交代地点。下句的桄榔叶油绿巨大,蓼花绽放艳丽的红色。是具有南中特色的美景。

桄榔叶暗,一是由于天色阴沉,时有微雨;一是因为南方雨水充足,植物异常茂盛,润泽的油绿中散发幽幽的光泽,反而显暗。

三句承桄榔叶暗,写南中落下微小的细雨。雨后,居住在两岸的人家都纷纷出来收红豆了,就如北方雨后立马出来捡地皮菜一样。

结句,"树底纤纤抬素手",写南中女子收红豆的情景。

用"纤纤",用"素手",是对收红豆女子的美化,也是很好的局部描写。形容素手,《古诗十九首》有"迢迢牵牛星,皎皎河汉女。纤纤擢素手,札札弄机杼",韦庄有"垆边人似月,浩腕凝霜雪",形容当垆美女。本词之素手,与以前类似句子有异曲同工之妙。

而红豆象征相思,是一幅非常美好且有寓意的图画。

　　《蕙风词话补编》卷一评曰："欧阳炯词,艳而质,质而愈艳,行间句里,却有清气往来。大概词家如炯,求之晚唐五代,亦不多观。"

1　南中:泛指我国南方,这里指南粤。

2　"桄榔(guàng láng)"句:桄榔,又名莎木,属棕榈科乔木,粗壮高大,多生于密林中,产地在海南、广西、云南西部及东南部。蓼花,一年或多年生草本植物,花小,呈白色或浅红色穗状花序或头状花序。

贺明朝

　　忆昔花间初识面[1]。红袖半遮，妆脸轻转[2]。石榴裙带，故将纤纤玉指偷捻[3]，双凤金线。　　碧梧桐琐深深院[4]。谁料得两情，何日教缱绻[5]？羡春来双燕。飞到玉楼，朝暮相见。

　　双调六十一字，上片六句三仄韵，下片六句四仄韵。《词律》混入《贺圣朝》，误。

　　词写一见钟情的恋情。

　　上片写初次相遇。

　　首句"忆昔"，表明是回忆，可见情深。花间，二人初遇之地也，景美衬人美。

　　接下六句写女子遇到词人后的反应。

　　"红袖半遮，妆脸轻转"，写女子用红袖半遮脸，精心化过妆的脸轻轻扭转过去，少女害羞的情态。半遮脸，写出女子既羞怯又想打量词人的好奇、矛盾心理。

　　"石榴"以下三句，写女子紧张、无意识的动作。她偷偷地用纤纤玉指，揉捻着石榴裙上的带子，写出女子的纯真、兴奋。"双凤金线"，是女子罗裙上用金线绣的两只凤凰。

　　这是词人观察到的细节,似乎闲闲四字,却透露了初相遇给词人极深刻之印象,以致当时不经意间观察的细节,都历历在目。

　　下片写别后相思。

　　首句写碧绿的梧桐锁在深深的庭院中,以此起兴。此处以梧桐被幽深庭院所拘系,比喻女子被深锁庭院中,没有机会接近。

　　由于阻隔,故更炽烈,以致有"谁料得两情,何日教缱绻"之期盼、疑问。

　　结尾"羡春来双燕"三句,退一步之想,亦痴情之表现。

1　初识面:初次见面。

2　妆脸:化过妆的脸。

3　捻(niǎn):用手指揉搓。

4　"碧梧"句:梧桐,高洁之象征,所谓"凤凰非梧桐不落";爱情之象征,传说梧为雄桐为雌,雌雄同生共长,相伴到老。琐,通"锁"。

5　缱绻:缠绵,形容情意深厚。

贺明朝

忆昔花间相见后。只凭纤手。暗抛红豆。人前不解，巧传心事，别来依旧。辜负春昼。　　碧罗衣上蹙金绣[1]。睹对对鸳鸯[2]，空裹泪痕透[3]。想韶颜非久[4]。终是为伊[5]，只恁偷瘦[6]。

词写女子相思。

上一首《贺明朝》写的是"忆昔花间初识面"，这首写的是"忆昔花间相见后"，都为回忆。

上一首以男子视角写，这首以女子口吻写，两首可视为联章词，可以对读。

二三句写女子以暗抛红豆的办法，含蓄表达对男子的喜爱。

"人前不解"，写男子不解风情，"别来依旧，辜负春昼"，写女子虽然已巧妙传达心事，但依然没得到男子的回应，心里懊恼伤感。

下片前三句触景伤情。看见碧色罗衣上，蹙金绣着的双双对对的鸳鸯，不由暗自落泪，自伤身世孤单。

结尾三句写女子自知美丽容颜不可久留，但仍无法抑制思念和爱恋,任凭自己憔悴消瘦。

本词着重写女子内心,把她深细、曲折、婉转、多情的心理生动刻画出来了,为花间词人中写女子心事的翘楚。

1 蹙金绣:即簇金绣,指以捻紧的金线盘结成花朵等纹饰并固定在丝绸之上的工艺。蹙、簇,这里是收缩的意思。蹙金绣具有紧凑、密实、富丽的特点,是唐五代十分受贵族上层喜爱的一种工艺。

2 "睹对"句:睹,看见。对对,一对对。

3 裛(yì):沾湿,打湿。

4 "想韶"句:韶颜,美好的容貌。非久,此指不会长久停留。

5 "终是"句:终是,终究是。伊,那个人,此指男子。

6 只恁(nèn):就那么。

和凝词

河满子

正是破瓜年几[1]，含情惯得人饶[2]。桃李精神鹦鹉舌[3]，可堪虚度良宵[4]。却爱蓝罗裙子，羡他长束纤腰。

唐教坊曲名，单调三十七字，六句三平韵。

词写少女情态。

首句交代女子年龄。破瓜年纪，十六岁也，此令人想起杜牧之"娉娉袅袅十三余，豆蔻梢头二月花"，有一种青春少女的新鲜与清纯。

二句写女子在男子面前之骄蛮。"惯得人饶"，是女子恃宠而骄。

三句则写女子有桃李般美丽容颜，有鹦鹉般伶牙俐齿。

如此年轻、美丽、骄蛮、伶俐之女子，哪堪忍受虚度良宵呢？言下之意，女子有如此才貌，正待人怜还来不及，怎能被人冷落、良宵虚度？

结尾两句写男子的心态，准是无法接近女子，所以他羡慕起那蓝色的拖地罗裙了，羡慕它能长久地束住女子纤细的腰肢。

此亦是陶渊明《闲情赋》中"愿在衣而为领"之类的愿

望,是不得已而言之。

　　词中这个伶牙俐齿美丽娇宠的女子形象,很鲜活,也较独特。

1　破瓜年几:指女子十六岁的年纪。几,通"纪"。
2　"含情"句:惯,纵容。得,语助词。饶,宽容,饶恕。这里有让人相让、怜宠的意思。
3　"桃李"句:桃李精神,指外形美丽。精神,指精气神儿。鹦鹉舌,指伶牙俐齿。
4　可堪:哪堪、不堪。

河满子

写得鱼笺无限[1]，其如花镂春辉[2]。目断巫山云雨，空教残梦依依。却爱薰香小鸭[3]，羡他长在屏帏[4]。

单调三十六字，六句三平韵。

词写男子相思。

首句即言写了无数书信。无限，极言书信数量多，透露男子相思，内心烦乱。

次句写女子如美丽花朵被春光锁住一般。写女子之被局限，亦写自己之被阻隔，透露无奈、哀伤。

三句宕开，移目远山，看到的却是巫山云雨。而"断"的不仅是云雨，更是肠断。此一转也。

云雨，自宋玉"高唐神女"典出之后，历来与男欢女爱脱不开干系，故也透露出男子无法与女子亲近之愁闷。

下句紧承上意。既然云雨难成，则只能做梦了。"空"、"残"二字，又暗示连梦中都难以相见相亲，此又一转也。

结尾两句柳暗花明，突发奇想，羡慕起薰香小鸭来，羡它能常在床帏之内，陪伴女子入眠。此再一转也。

全词六句三转，每转一次，都是男子一辙不成再想一辙，

奢望在左冲右突中找到希望和可能,但却屡屡败北,一次次走
向愁的深处。

1　鱼笺:鱼子笺的简称,古代四川造的一种纸,此指书信。

2　镰(suǒ):同"锁"。

3　薰香小鸭:鸭子形状的小香炉,一般都放置在床帏之内。
薰:同"熏"。

4　屏帏:屏帷。

薄命女

天欲晓。宫漏穿花声缭绕[1]。窗里星光少。冷雾寒侵帐额[2]，残月光沉树杪[3]。梦断锦帷空悄悄。强起愁眉小。

———

词咏本调，写宫怨。

本词以夜景入画。

"天欲晓"，说明彼时正无眠。宫漏声响，烘托出夜的寂静，则夜已深。漏声穿过花丛，声音缭绕，则言漏声之远，宫中空间之大，更刻画出女子的孤独寂寞。

"星光少"，天将晓，星光显得黯淡，故显小。再次强调深夜无眠。

"寒寝帐额"，是更深露重之实况，亦指女子内心之凄寒。"梦断""空"，明言女子相思与失落。

"愁眉小"，则言其愁深，哀怨之情藉此弥现，亦扣了本调之意——情感失落、哀怨的"薄命女"。

本词体制虽短，但意绪幽婉，脉络分明，刻物深细，描情幽微。沈际飞评曰："冲寂自妍，末只一句，尽却怨意。"（《草堂诗余正集》卷一）

1　缭绕：回环旋转。

2　帐额：床帐前幅上端所悬之横幅。

3　树杪（miǎo）：树梢。

春光好

蘋叶软[1]，杏花明。画船轻。双浴鸳鸯出绿汀[2]。棹歌声[3]。　　春水无风无浪，春天半雨半晴。红粉相随南浦晚[4]，几含情[5]。

唐教坊曲名，双调四十一字，上片五句四平韵，下片四句两平韵。

词写春日美景与出游乐趣。

整首词押平韵，造就一种平稳愉悦的氛围。

浮萍的叶子圆圆嫩嫩的，岸边粉白的杏花明艳美丽，彩绘的画船轻轻浮在水面。景虽美丽安静，但仍为铺垫。

下两句，鸳鸯双双，从岸边绿汀中游出；船夫的歌声从远处隐约传来。此又为铺垫。

词为抒发情感的狭小载体，但下片前两句却捕捉大而难描写的春水与春日于纸上，才高胆大！

春水无风无浪，形容春水宁静清澈；春天半雨半晴，形容春日烟雨迷蒙、温润柔暖，天气绝佳。

结尾两句照应上片结尾，形成对比：上片写成双成对的鸳鸯，下片写红粉佳人与词人同行；上片写鸳鸯出没于绿汀，下片写佳人与词人漫游南浦；上片写远处传来船夫的歌声，下片写红粉随行,几次情深而感动。

全词如用画笔,疏疏点染,神韵即出,写尽春日水边之清丽美好;而蘋叶的绿,杏花的粉,画船的彩,以及晴时之光和雨时之雾,色彩与光影的交融,给人带来极美的感受。

———

1 蘋:水草名,即大萍,也叫田字草,多年生水生蕨类植物,茎横卧在浅水的泥中,顶端生四片小叶,夏秋季节开花,白色,生在水面,又称"白蘋"。

2 汀(tīng):水边平地。

3 棹歌:船歌。棹,船桨。

4 红粉:指代女子。

5 几:几次,屡次。

顾夐词

虞美人

晓莺啼破相思梦。帘卷金泥凤。宿妆犹在酒初醒[1]。翠翘慵整倚云屏[2]。转娉婷[3]。　　香檀细画侵桃脸[4]。罗袂轻轻敛。佳期堪恨再难寻。绿芜满院柳成阴[5]。负春心。

———

唐教坊曲名，双调五十八字，上下片都是两仄韵两平韵。

词写女子相思。

首句交代时间、事件。晓莺啼破，表示天将拂晓；相思梦，虽言梦，则大抵透露了女子之相思。

次句乃景物渲染。帘卷，表明女子起床。金泥凤，是印染在帘子上的金泥描画的凤凰图案。

三句写起床宿醉姿态。宿妆犹在，表明未及卸妆而眠，可见醉得不轻；接下"酒初醒"三字，也是婉写酒醉不轻。

四句写懒于梳妆之慵态。懒整首饰，斜倚云屏，都在流泄慵懒与无力，是生理的，更是内心的。

如此慵睡而无力，甚至有些邋遢之状，反显出女子之凄楚动人，故上片以"转娉婷"煞尾。

下片承上而写，"香檀"句写女子化妆，本是画唇，唇红却越界而晕染在脸上。"侵"字，透露出心不在焉。

三句写相见无由,由爱生恨,故有"堪恨"二字。

四句以绿草满院、柳树成荫,反衬女子之失落、孤独。

末句三字点题,情绪照应开始之"啼破",有深深的思念
与淡淡的哀怨。

1　宿妆:前一日未卸的妆容。

2　"翠翘"句:翠翘,古代女子的一种首饰,形状似翠鸟尾巴上
的长羽。云屏,用云母装饰的屏风,一说是绘有云彩的屏风。

3　娉(pīng)婷:形容女子仪容姿态美好。

4　"香檀"句:香檀,古代女子用来描画嘴唇的化妆品。桃脸,
即桃花脸,形容女子美如桃花的面容。

5　绿芜:丛生的绿草。

虞美人

触帘风送景阳钟[1]。鸳被绣花重[2]。晓帏初卷冷烟浓[3]。翠匀粉黛好仪容。思娇慵[4]。　　起来无语理朝妆[5]。宝匣镜凝光[6]。绿荷相倚满池塘[7]。露清枕簟藕花香。恨悠扬。

双调五十八字,上下片各五句,五平韵。

词写女子闲愁。

首句从声音入手。"触帘风",用得妙。"景阳钟",有情思。此用景阳钟典故,暗示早起。

次句以锦衾花多而繁重,衬托深闺之孤独寂寥。

三句写女子卷帘而感晨露浓重。"冷烟浓",描绘出居所环境之清幽,衬托人之清幽。

四句写女子化妆,仪容美好。

五句"思娇慵",总体刻画出女子娇弱慵懒的丰神。

下片前两句仍承上片写对镜化妆,"无语",透露情绪低落。"镜凝光",实写女子对镜发呆。

接下两句写屋外景色:绿色的荷叶铺满整个池塘,枕簟上凝结清晨的露珠,藕花的香味时时传来。

"相倚"、"满",以景物之繁华反衬自身之落寞清冷;"清",

似又是自身品格的写照。

末句点题,以"悠扬"来形容"恨",似不类,罕见。

整首词婉转蕴藉,颇有温庭筠词的风格。

———

1　景阳钟:此指钟声。南朝齐武帝以宫深听不到端门鼓漏声,故令人置钟于景阳楼上,宫人听到钟声即早起妆饰。

2　鸳被绣花重(chóng):指绣有鸳鸯图案的被子上的绣花图案繁复。

3　冷烟:指早晨的雾。

4　娇慵:娇柔慵懒的样子。

5　理:整理。

6　宝匣(xiá):此指梳妆盒。

7　"绿荷"句:绿色的荷花相互倚靠着开满池塘。

虞美人

碧梧桐映纱窗晚。花谢莺声懒。小屏屈曲掩青山[1]。翠帱香粉玉炉寒[2]。两蛾攒[3]。　癫狂年少轻离别[4]。辜负春时节。画罗红袂有啼痕[5]。魂销无语倚闺门[6]。欲黄昏。

———

同调又一体,双调五十八字,上下片都是两仄韵三平韵。

词写闺思。

上片五句,前四句都在写景,实乃以景写人。

首句交代时间,梧桐茂盛,正值夏日;"晚",表明乃夏日黄昏;"映",表明碧梧桐是透过纱窗看到的,虽写景,但却刻画出纱窗内寂寞独坐之人。

次句写花儿凋谢,写莺儿叫声慵懒。"懒",正自反映出女子之慵懒。

三句小屏青山,写女子回眸小屏上之青山,有望远、怀远之意。

四句翠帱、香粉、玉炉,闺内之日常摆设。"寒"字,透露出闺房清冷,女子情绪低落,无甚精神。

下片首句意承而句转,突然直接说出少年男子之轻狂而轻离别,点出情景铺垫、女子情绪低落之原因。

　　"轻离别"三字,失意之语,白居易《琵琶行》有"商人重利轻离别"语,也是弃妇之口吻与哀怨。

　　二句写美好时光两人不能共度的心痛和惋惜。三句写红袖有泪痕,婉写女子终日以泪洗面。四句写女子终日倚门盼望男子归来,"魂销",是她一贯的生活状态。

　　结句"欲黄昏",回归景,分明有"日之夕矣,羊牛下括"(《诗经·王风·君子于役》)的意味,亦在表达思念与盼归。而黄昏鸿茫的氛围,亦恰似女子不绝的思念,有意境。

　　本词色彩艳丽,对于构造唯美意境,作用不小。尤其是上片,梧桐树之碧绿,莺之黄,山之青,帏之翠,炉之玉色,以及下片红袖、黄昏之红色、金色,颜色愈鲜丽,愈反衬出女子之孤独寂寞,画面感非常强。

1　"小屏"句:指屏风曲折展开,上面画的青山被遮掩。

2　玉炉寒:指炉内香焚尽而玉炉冷却。

3　两蛾攒(cuán):两眉蹙在一起。蛾,蛾眉。攒,纠结在一起。

4　癫狂年少:指年少轻狂的男子。

5　"画罗"句:画罗,指织锦绣纹的罗衣。红袂(mèi),红袖。袂,衣袖,袖口。

6　魂销:销魂,指悲伤、神思恍惚。

河　传

曲槛[1]。春晚。碧流纹细[2]，绿杨丝软[3]。露
花鲜[4]，杏枝繁，莺啭。野芜平似剪。　　直
是人间到天上。堪游赏。醉眼疑屏障。对池
塘。惜韶光[5]。断肠。为花须尽狂。

双调五十三字，上片八句五仄韵，下片七句三仄韵四
平韵。

词写赏春惜韶光。

上片写春日之美。屈曲的栏杆，黄昏，春水碧绿，波纹细
细，绿杨抽芽，细叶柔软，鲜花绽放，露珠晶莹，枝头杏花繁茂，
莺声婉转，田野绿草萋萋。

上片八句，二、三、四字句，短小灵巧，易于表达缤纷美景，
给人轻巧欣欣之感。

景如此美，人岂能不爱？故下片开始即直抒胸臆："直是
人间到天上。堪游赏。"情感达到高潮。

三句写醉，"醉眼"，固然为饮酒之后，但何尝不是陶醉之
眼神？"对池塘，惜韶光"，情极而生惆怅，生惜春惜时之感。

"池塘"，只是起兴之源。"惜韶光"，词眼。

"断肠"，词中多指因男女之情而断肠，此处却是因见到美

景、经历美好时光而产生之心碎不忍之情,不忍时光就此流逝,不忍年华就此老去,此为多情之感,亦为审美之感。

　　结句"为花须尽狂",颇有"花开堪折直须折,莫待无花空折枝"之及时行乐意味,消极了些,但也见拼却青春的豪迈与无悔!

1　曲槛(jiàn):曲折的栏杆。

2　碧流纹细:绿色的流水泛起细细的波纹。

3　绿杨丝软:指杨树刚抽芽,叶细而柔软。

4　露花鲜:指浸有露水的花儿鲜艳。

5　韶光:指美好的时光。

河　传

棹举[1]。舟去。波光渺渺[2]，不知何处。岸花汀草共依依[3]。雨微。鸂鶒相逐飞。　　天涯离恨江声咽[4]。啼猿切[5]。此意向谁说。倚栏桡[6]。独无憀[7]。魂销。小炉香欲焦[8]。

———

双调五十四字，上片七句三仄韵三平韵，下片七句三仄韵四平韵。

词写离思。

上片四句写离别。

"棹举"，载着离人的扁舟出发；"舟去"，小舟逐渐远去，消逝在天尽头，有"孤帆远影碧空尽"的感觉；"波光渺渺"，写江水渺茫，已不见小舟的影子，亦似"唯见长江天际流"的意境，只不过此处伫望者为送别的女子，而非友人；"不知何处"，透露女子的担忧和失落。

接下三句写女子眼前之景。"岸花汀草"，本细微之物，无甚特别，此处却写它们柔弱而相互依恋状，实则为女子柔弱、孤独、眷恋的外化。"雨微"，传神。细雨微微，下在女子的心里。杜甫有"细雨鱼儿出，微风燕子斜"，写尽各物的自在与欣喜，而此处，相互飞逐的是鸂鶒而非燕子，是借其叫声似

"行不得也哥哥",而寓惜别思念之情。

下片写思念。

"天涯",言爱人之远;"离恨",言己之不甘;而"咽"的,并非江声,实乃女子的呜咽。猿啼声切,言哀苦,言断肠。"此意向谁说",不堪哀苦之言。"舣栏桡",写女子送别而未回,伫立船头。

接下三句写闺中相思。销魂,六神无主也。"小炉香欲焦",写炉香几成灰烬,应了李商隐"一寸相思一寸灰",亦写相思而神黯。

整首词意象缤纷唯美,意境清雅经典,情思美丽,且受唐诗影响极深,可谓词中之诗,耐读而感人。

1　棹举:指船出发。

2　渺渺:指悠远浩渺的样子。

3　"岸花"句:汀草,水边平地的草。汀,水边平地,小洲。依依,形容柔弱、随风摇摆的样子。

4　江声咽:江水发出呜咽的声音。

5　切:指猿啼的声音急切、紧密。

6　舣栏桡:舣(yǐ),使船靠岸。栏桡,即兰桡,指船桨。

7　无憀:郁闷、烦闷的意思。

8　焦:此指香烧成灰烬。

甘州子

每逢清夜与良晨。多怅望，足伤神。云迷水隔意中人。寂寞绣罗茵[1]。山枕上[2]、几点泪痕新。

——

唐教坊曲名，又名《甘州曲》，单调三十三字，六句五平韵。

词写相思。

小令不适合造景、铺垫，本词就直抒胸臆。

开头"每逢"二字，是强调，也表示一种常态，即无论夜晚还是清晨，女子都处于"多怅惘、足伤神"的状态。"多"、"足"，可见其心中之辛苦。"云迷水隔"，表示意中人遥不可及。"绣罗茵"，足见其寂寞，无以排遣。

结句"新"字，点睛之笔，表明女子相思之深之切，终日垂泪是常态。

一首生动的小清新的相思词。

——

1　罗茵：丝罗的褥子。

2　山枕：古时中间凹两边高、形状如山的枕头。

酒泉子

　　杨柳舞风，轻惹春烟残雨。杏花愁，莺正语。画楼东。　　　锦屏寂寞思无穷。还是不知消息。镜尘生[1]，珠泪滴[2]。损仪容[3]。

————

　　词写相思。

　　上片写景，下片抒情。

　　上片前两句写杨柳、春风与烟雨。风自吹拂，烟雨自生，本无瓜葛，一个"惹"字，拉近了关系，使彼此有了牵挂。而"惹"字，更透露了女主人公的懊恼。

　　接下三句写画楼东侧，杏花绽放，鸟儿鸣叫。"愁"，表面言杏花愁，但杏花何尝懂得愁？实是言女子在愁。杏花，女子美丽之暗喻也。

　　下片直写情感起伏。

　　锦屏，可理解为女子此刻正凝视着锦屏，也可是闺房的代称。"寂寞思无穷"，因相思无限，而寂寞无比。

　　"还是"句，表达了女子的焦虑。"还"字，表明"不知消息"这一状态持续时间之长。

　　结尾三句写女子生活状态。镜上生尘，无心打扮；"损仪容"，由于常垂泪，故憔悴无比。一幅备受煎熬的思妇画像自此显现。

　　全词结构、情景之表达,已近北宋小令,代表了非常成熟的花间词。

1　镜尘生:镜上生了尘土,表示多日不用。

2　珠泪滴:泪珠滴。

3　损仪容:容貌受损,指因相思而憔悴。仪容,仪表、容貌。

酒泉子

罗带缕金[1]，兰麝烟凝魂断[2]。画屏欹[3]，云鬟乱。恨难任[4]。　　几回垂泪滴鸳衾。薄情何处去。月临窗，花满树。信沉沉[5]。

———

词写相思。

起句，以金缕罗带交代主人公为女子。次句，烟凝与魂断呼应。三句写闺中画屏斜立。四句写女子云鬟凌乱。经过四句铺垫，五句直写不堪离恨重负。

过片承上，两句表达因薄情而垂泪。

结尾三句写女子月夜失眠，看到月亮似挂在窗前，鲜花满树。本为言景，突转至"信沉沉"，意中人音信杳无，心情陡转直下。

"月临窗，花满树"，意境丰满美丽，画面感极强，容易给人留下深刻印象。

———

1　缕金：金缕也。

2　兰麝：兰与麝香，此指名贵的香料。

3　欹(qī)：倾斜。

4　任：负担。

5　沉沉：形容音信杳无。

诉衷情

永夜抛人何处去[1]，绝来音[2]。香阁掩[3]。眉敛[4]。月将沉[5]。争忍不相寻？怨孤衾。换我心为你心。始知相忆深。

单调三十七字，九句六平韵两仄韵。

词写相思。

开头两字，表明时间，也侧写因相思而失眠。次句为失眠之原因。三句写女子居处闺阁紧闭，寂寞冷清。四句透过眉头紧蹙，表现女子之相思与愁苦。五句表明月亮将沉隐而去，即将天亮，又是在婉写失眠之久。"争忍"句，是自问，又似乎为诘问意中人。

结尾两句试图以将心比心，来让对方明了自己相思之深、孤独之深、愁苦之深，为名句。

1　永夜：长夜。

2　绝来音：断绝音讯。

3　掩：虚掩，关闭。

4　眉敛：敛眉，皱眉。

5　月将沉：指月亮将隐去，天将亮。

孙光宪词

浣溪沙

蓼岸风多橘柚香[1]。江边一望楚天长[2]。片帆烟际闪孤光[3]。　　目送征鸿飞杳杳[4]，思随流水去茫茫。兰红波碧忆潇湘[5]。

———

词写惜别与留恋，全篇情感的表达通过写景实现。

上片首句写别时眼前美景，江边蓼花鲜红，橘柚送香。二三句写送别之人伫立凝望。"望"，表明情态；"长"，言视野开阔，间写望之时间长及情感之深长。"片帆"，写帆远而显小；"烟际"，烟雾弥漫之际，指水天相接处；"闪孤光"，亦指帆小而发出仅有的光芒。

下片写别后的情思。"目送征鸿"，化自嵇康之"目送归鸿，手挥五弦"，表示仰望；"思随流水"，表示俯视。"杳杳"与"茫茫"，固指大雁与流水，何尝不是指送别之人的情思幽怨、思如流水难以遏制呢？

结句一"忆"字，语带双关，颇显沧桑：潇湘兰红波碧之美，是离人日后所忆，也是送别之人此后应忆之景，足见此景此情之深刻而难忘。而此"忆"字，又有李商隐"此情可待成追忆，只是当时已惘然"的怅惘与感伤。

由于语句整饬，在立意、造境与典故的运用上，都有唐诗的影子,而使本词不同于一般花间词的香艳浓腻,而是意境开阔,情感高远蕴藉,具有唐诗般的高格与淡雅。

1　蓼岸:长满蓼花的江岸。

2　楚天:指今湖北、湖南一带,此处应指湖南一带。

3　片帆:一片孤帆。

4　"目送"句:征鸿,指鸿雁。杳杳,渺茫。

5　潇湘:指潇水和湘水,都在湖南境内。

浣溪沙

揽镜无言泪欲流[1]。凝情半日懒梳头[2]。一庭疏雨湿春愁。　　杨柳只知伤怨别，杏花应信损娇羞。泪沾魂断轸离忧[3]。

———

词写离愁。

前两句写女子的生活状态，两句两转折。首句，无言，却欲流泪；次句，凝情半天，却懒梳头。

三句写景，非常有意境。愁被疏雨打湿，比喻新颖。

下片以杨柳只知怨别、杏花应损娇羞，为自我情绪之外射。

结句泪沾与魂断，又存在内在的转折。"轸离忧"，伤痛离别的忧愁，为全词的词眼。

整首词在频频转折中推进，可见女子的尴尬处境与矛盾心态，与其内心的辛苦失意。

词人能把握事物之间这种微妙的关系，掘幽显微，浓淡适宜。

另外，"一庭疏雨湿春愁"句，意境唯美，实为佳句。

———

1　揽镜：照镜。

2　凝情：情意专注，此指愁闷、发呆。

3　轸（zhěn）：伤痛，伤怀。

浣溪沙

半踏长裾宛约行[1]。晚帘疏处见分明[2]。此时堪恨昧平生[3]。　　早是销魂残烛影，更愁闻着品弦声[4]。杳无消息若为情[5]。

词写暗恋。

首句写女子半踏着长裾，步态柔美，逶迤而行，实即写女子之美。

次句写男子透过傍晚帘子疏薄之处，将女子看得清清楚楚。隔帘而望，神秘朦胧，遂产生感情。

三句写无缘与女子认识的憾恨，暗恋之情明显。

下片写被恋情折磨而神伤。看见残烛之影，听到品弦之声，无不销魂而忧愁，因为闻声见影而无由见到人，故愁苦悲伤。

末句更写出毫无对方消息而情何以堪的苦闷。

写一场未曾相识的邂逅带给男子的冲击和震动，写由此产生的复杂婉转、缠绵多情，令人想起《关雎》中男子"求之不得，寤寐思服。优哉游哉，辗转反侧"的煎熬，作者实乃多情易感的写情高手。

1 "半踏"句：长裾,长衣。宛约,形容步态柔美。

2 分明：清楚。

3 "此时"句：堪恨,应该恨。昧平生,指与某人不认识。

4 品弦：品竹调弦,指吹弹乐器。

5 "杳无"句：杳无消息,一点消息都没有。若为情,难以为情,情何以堪。

菩萨蛮

月华如水笼香砌[1]。金环碎撼门初闭[2]。寒影堕高檐。钩垂一面帘。　　碧烟轻袅袅。红颤灯花笑[3]。即此是高唐[4]。掩屏秋梦长。

———

词写有情人相聚之喜悦。

上片写景。

首句点明时间。月光如水，为明月之夜。"笼香砌"，花绕台阶，故台阶上笼罩香气。次句写环响门闭，表明到了歇息时候。三句写院内。高高的屋檐，在月光照射下，影子像堕入了院内。四句写屋内。帘钩空垂，说明帘幕已放下，人已歇息。

下片承上意，通过香炉内香烟缭绕，灯花绽放，表达喜悦之情。三句以高唐典故，暗写男女欢会。末句以屏风虚掩、秋梦悠长，写两人如梦幻般的厮守。

"秋"字与开头之月华照应，完整点明此为秋夜之欢会。

词中写离愁别恨多，写男女欢聚少，本词胜处在于，以含蓄手法写男女之会，脱去香艳与情色，格调高雅，亦属不易。

———

1　"月华"句：月华，月光。砌，台阶。

2　撼：动，此处指门环震动的声音。

3　"红颤"句：红颤，烛焰颤动。灯花笑，指灯花爆裂，古人以为吉兆，所以称之为"灯花笑"。

4　高唐：此指宋玉《高唐赋》中楚王游高唐梦见神女的典故。

虞美人

红窗寂寂无人语[1]。暗澹梨花雨[2]。绣罗纹地粉新描[3]。博山香炷旋抽条[4]。暗魂销。　　天涯一去无消息。终日长相忆。教人相忆几时休？不堪枨触别离愁[5]。泪还流。

双调五十八字，上下片均是五句，两仄韵三平韵。

词写闺中相思。基本是上片写景、下片抒情模式。

前两句写室外景。"寂寂"，红窗十分安静，寂静无声；"无人语"，在"寂寂"之上，进一步强调悄无人声。

次句写春雨打湿梨花，暗淡而静谧。

三句由室外过渡到室内。写罗帐上彩粉描的图案尚新。

四句写闺房内，香炉上的香在抽条。所有景物，都在烘托一个"静"。香炷抽条，更是从抽条可能有的"哔啵"声，衬托出闺房之静。

"暗魂销"三字，水到渠成，照应开头之红窗寂寂，互为因果。

下片直抒胸臆。首句透露魂销之原因，因为离人在天涯，杳无音讯。

次句写女子闺房终日所为无他，唯有忆旧。

　　三句重复"相忆"二字,"几时休"透露无奈,即女子无法遏制自己相忆,写出情深。

　　四句写出脆弱,难以忍受触动离愁。

　　末句"泪还流",泪仍在流,泪流不止。

　　结句本意在煞尾,但在此却给人煞而未煞、结又不能结之感,似乎女子的眼泪,一直要流到词外,流成永恒。真是一首美丽柔弱的女儿词。

1　寂寂:寂静无声,静悄悄。

2　暗澹:不明安静貌。澹,安静。

3　"绣罗"句:绣花的罗帐底子上有彩粉新描的图案。

4　"博山"句:博山,博山炉。香炷,点燃着的香。抽条,香穗,指香烧成了灰烬,灰捻像穗一样。

5　"不堪"句:不堪,难以忍受。枨(chéng)触,触动。

生查子

寂寞掩朱门，正是天将暮。暗澹小庭中，滴滴梧桐雨。　　绣工夫[1]，牵心绪。配尽鸳鸯缕[2]。待得没人时，偎倚论私语[3]。

词写闺中闲情。

开头"寂寞"两字，是女子当时所感，但也是此番心绪的缘起。闺中寂寞，轻掩朱门，又正值黄昏时分。此景，易引发闲情爱绪。

接下两句写庭中之景。因为傍晚，故小小庭院中静谧而暗淡，细雨滴在碧绿的梧桐树叶上。滴滴之声，更衬托出庭院之静谧。

下片写女子。"绣工夫"，言其正在刺绣。"牵心绪"，言其心有所感。三句，绣鸳鸯的彩线都用没了，表示鸳鸯绣得精致。而不绣其他，只是鸳鸯缕尽，正是她的"心绪"所在——手上绣鸳鸯，心中想情人。

末尾两句即是她内心所想：待得没有人时，一定要和他依偎着好好说说体己话。

全词以"寂寞"开头，却以心思之甜蜜结尾，活画出年轻女子的懵懂爱恋、美好情感，清新而秀美，活泼而生动。

1　绣工夫：指女子刺绣。

2　鸳鸯缕：指用于绣鸳鸯的彩线。

3　私语：窃窃私语，指闺房男女体己话。

河满子

　　冠剑不随君去[1]，江河还共恩深[2]。歌袖半
遮眉黛惨[3]，泪珠旋滴衣襟[4]。惆怅云愁雨怨，
断魂何处相寻？

　　单调三十七字，六句三平韵。

　　词写女子的离恨。

　　首句写男子戴的冠、用的剑依旧在身边，而人已远离，有
物是人非之感；紧接以自己的情感与江河一样深。

　　两句形成鲜明对比，情感在男女主人公心中所占位置
立现。

　　三四句写女子歌舞时的情态。歌袖半遮，遮不掉她的
惨淡憔悴之色；衣襟飞舞，甩不掉旋落在上面的泪珠。凄惨
之至。

　　末两句写女子感受。终日惆怅，泪落如雨，愁闷悲怨；而
魂早已断，不知到何处去寻找，写断魂之甚。

　　本词意象密集，情感起伏剧烈，节奏较快，一股悲愤郁结
之气贯穿其间，读来令人唏嘘。

　　1　冠剑：昔日男子戴过的冠、用过的剑。

2　共：同。

3　眉黛惨：表示愁眉惨色。

4　旋：很快，快速。

思帝乡

如何？遣情情更多。永日水堂帘下[1]，敛
羞蛾[2]。六幅罗裙窣地[3]，微行曳碧波。看尽满
地疏雨、打团荷[4]。

────

单调三十六字，七句五平韵。

词写女子情思。

首句"如何"，透露了女子内心主意不定，不知如何是好。
接以"遣情情更多"，言明困扰原因，是因为情思无法排遣。

三四句写女子尽日水堂独坐，帘下沉思，双眉紧蹙。

五六句写女子起身散步，依然是为了遣情。"六幅罗裙"，
且裙摆拂地，表明女子衣着优雅；"微行"，写出女子步态娿娜；
"曳碧波"，间写女子身着绿色罗裙，罗裙拖地，步履婉约，犹如
摇曳的碧波，令人想起曹植的"凌波微步，罗袜生尘"，形象刻
画生动。

结句为女子消遣所见。夏日的雨，稀疏地飘在地上，雨滴
在大大的荷叶上，声音清脆而响亮。

"看尽"，透露女子消遣之久，间写其无聊，突出一个"闲"
字，但，身闲心不闲。

全词写景与言情相间，景有意境，情感表达真率自然，因

此给人以生动美好的感觉。

1 "永日"句：永日，从早到晚，整天。水堂，临水的厅堂。

2 敛羞蛾：眉毛紧蹙。羞蛾，女子美丽的眉毛。

3 六幅罗裙：用六幅罗制成的裙子，裙较宽，褶皱较多，便于
行坐。窣(sū)地，及地，拂地。

4 团荷：圆圆的荷花。

魏承班词

木兰花

　　小芙蓉，香旖旎[1]。碧玉堂深清似水。闭宝匣[2]，掩金铺[3]，倚屏拖袖愁如醉。　　迟迟好景烟花媚[4]。曲渚鸳鸯眠锦翅[5]。凝然愁望静相思[6]，一双笑靥嚬香蕊[7]。

　　词写闺思。

　　上片开头两句写池中芙蓉飘香。次句写所居之碧玉堂深、清静如水。接下三句通过闭、掩、倚、拖等动作，写出女子幽闭忧愁之状态。

　　下片前两句写室外景。从鸳鸯敛翅而眠，看出女子之羡慕，及对比自己而引发孤独之感。结尾两句，"愁望""静相思"，已揭明主题。

　　本词个别用语似嫌突兀不类，如"眠锦翅"、"笑靥与嚬"、"香蕊"之搭配等，有的不似词中用语，有的则很难理解其词意或表达之情感倾向，大约是由于作者才力不逮而致，影响了整首词之水准。

1　旖旎：美好貌。
2　宝匣：女子用的精美的化妆盒。

3　金铺:门环底座上的金饰铺首,用作门户之美称。

4　烟花:指春天雾霭中的花。

5　眠锦翅:指鸳鸯收起锦翅而眠。

6　凝然:犹安然,形容举止安详或静止不动。

7　"一双"句:笑靥,笑时脸上露出的酒窝,也指笑脸。噸,同"颦",蹙眉。香蕊,花蕊。

玉楼春

　　寂寂画堂梁上燕。高卷翠帘横数扇[1]。一
庭春色恼人来，满地落花红几片。　　愁倚
锦屏低雪面[2]。泪滴绣罗金缕线。好天凉月尽
伤心，为是玉郎长不见[3]。

　　双调五十六字，上下片各四句，三仄韵。

　　词写女子相思。

　　上片写景。画堂，梁燕，翠帘，窗户，描写出一个高大精美
的居所。后两句写庭院内的春色，独选择落花几片来写，可见
愁绪。

　　下片写女子。前两句写其状态。她愁倚锦屏，低头垂泪。
"愁""泪"二字，可见其情绪低落。

　　末尾两句直抒胸臆，似从女子嘴里说出：即使是美好的
月亮，美好的日子，却因为长期见不到心上人，而尽伤心了。

　　"伤心"，可视为情感之词眼，亦符合闺愁词之一般写法。

　　本词工于造境，画面精美，人物典雅，具有北宋小令词中
女子之神韵，是花间词中雅化的代表。

　　1　"高卷"句：翠帘，翠绿色的窗帘。横数扇，指敞开着数扇

窗户。

2　雪面：指肤色白皙的面容。

3　为是：因为。

诉衷情

　　高歌宴罢月初盈[1]。诗情引恨情。烟露冷[2]，水流轻。思想梦难成[3]。　　罗帐袅香平。恨频生。思君无计睡还醒，隔层城[4]。

　　双调四十一字，上片五句四平韵，下片四句三平韵。

　　本词缘题而敷衍。

　　首句交代背景。宴会高歌，令人情绪激奋；又恰逢月圆之夜，易引发人未圆之感慨。

　　次句接以"诗情引恨情"，即是触景生情。

　　三四句辅以烟露与流水，轻巧安静，又带梦幻，恰似女子柔情之外化。"梦难成"直写女子相思，难以入梦。

　　下片围绕"梦难成"展开。"罗帐"，间写睡卧；"恨频生"，写在愁思中。

　　末尾两句，"睡还醒"，仍是梦难成，思念的换一种说法。

　　结尾三字"隔层城"，将愁思延伸至画外，申遥远深广之意，女子之衷情亦随之阔远升华。

1　月初盈：月初圆。

2　烟露：烟雾露水。

3　思想：思念，想念。

4　层城：比喻遥远的地方。

生查子

　　寂寞画堂空，深夜垂罗幕。灯暗锦屏欹[1]，月冷珠帘薄。　　愁恨梦难成，何处贪欢乐。看看又春来[2]，还是长萧索[3]。

————

　　词写闺怨。

　　画堂、罗幕、灯、锦屏、珠帘，都是闺房之景，但辅以寂寞、空、暗、冷、愁、梦、萧索，无不体现了女子愁怨的心绪。

　　一句"何处贪欢乐"，暴露了相思与哀怨；"看看春又来"，又流露了惜春、青春空度的疼惜；"还是"，说明这种独守闺房的日子不是一两天，也非一两年；而"萧索"，就是女子日常的生活状态。

　　上片营造情境，下片直抒胸臆，如听女子家常语，虽似乎直露，但形象自然，宛如人在目前，言在耳边，亦是本词一大佳处。

————

1　锦屏：锦绣的屏风。
2　看看：估量时间之词，有渐渐、眼看着、转瞬间等意思。
3　萧索：萧条冷落、凄凉冷清。

渔歌子

柳如眉，云似发。蛟绡雾縠笼香雪[1]。梦魂惊，钟漏歇[2]。窗外晓莺残月。　　几多情，无处说。落花飞絮清明节。少年郎，容易别[3]。一去音书断绝。

双调五十字，上下片皆为六句四仄韵。

词写女子相思。

上片前三句写女子美丽外形。柳叶眉，鬓发如云，鲛绡雾縠下是雪白肌肤。后三句写女子梦醒失眠。窗外晓莺残月，是女子夜半凝望之景。

下片头两句直诉心事。三句点明时间，为杨柳飞絮的清明时节。

清明为万物萌动之时，春天正式来临，此刻女子相思，也是外物所感；况且古代清明常有郊游、斗草、荡秋千之戏，独处的女子就更易自怜，且感到孤单。

四五句写所爱男子因为年少，不懂珍惜而轻离别，令人想起白居易的"商人重利轻别离"。

末句"音书断绝"，即是男子轻离别的表现。

上片极写女子之年轻美丽，与下片女子所受之离别苦形成巨大反差,易引发读者之同情与怜惜。

　　其中"几多情,无处说"、"少年郎,容易别",语浅意深,非深谙于情,不能出也。

1　"蛟绡"句:蛟绡,即鲛绡,传说中鲛人织就的绡。雾縠(hú),一种半透明的绉纱。
2　钟漏:钟与漏壶,都是古代用来计时的工具。
3　容易别:指年少不懂得真情,轻视离别。

鹿虔扆词

临江仙

金锁重门荒苑静，绮窗愁对秋空[1]。翠华一去寂无踪[2]。玉楼歌吹，声断已随风。　　烟月不知人事改，夜阑还照深宫[3]。藕花相向野塘中[4]。暗伤亡国，清露泣香红。

双调五十八字，上下片各五句三平韵。

词写黍离之悲。

鹿虔扆曾仕后蜀，蜀亡后不仕，本词大约是伤蜀之事。

前两句写荒苑的残败景象。"锁"字，既表明荒无人迹，亦象征一种时间的中断与阻隔。绮窗本为华美之窗，但此刻却面对秋日之天空。

"空"固为天空，但更有往事皆空之感。"愁"，本为人之情感活动，但却赋予无生命之绮窗，足见观者心中之悲凉。

三句写天子仪仗不知所终，实写史实。"玉楼歌吹，声断已随风"，昔日繁华不再，浪漫随风消逝，伤感之情益显。

下片前两句造语奇特。烟月之执着，映照出人事之易变；烟月之有情，衬托出历史之无情。

三句荷花开于荒芜之野塘，破败之至。

四句点睛之笔，点出"暗伤亡国"主题，为"商女不知亡国恨,隔江犹唱后庭花"之翻上一层。

末句本为写景,即花红湛露,但因寄托了亡国哀愁,故似香红垂泪,实为词人情感之外现。

悲愁无限,为同类题材之佳作。

1　绮窗：雕画有花纹的窗户。

2　翠华：天子仪仗中以翠羽为装饰的旗帜或车盖,泛指天子的仪仗队伍。

3　夜阑：夜半。

4　野塘：荒芜的池塘或湖泊。

临江仙

无赖晓莺惊梦断，起来残酒初醒。映窗丝柳袅烟青。翠帘慵卷，约砌杏花零[1]。　　一自玉郎游冶去[2]，莲凋月惨仪形[3]。暮天微雨洒闲庭。手挼裙带[4]，无语倚云屏。

——

词写女子相思。

开首"无赖晓莺"，嗔怒懊恼语气，因其"惊梦断"，好梦不成。

次句写女子宿醉，状态消极。

三句为女子所见之景。"映窗"，表明隔窗而望。

四句写慵卷翠帘，走出门外。杏花凋零，像极女子凋零之心事。

下片前两句写男子游冶，女子形神枯槁。

三句写傍晚微雨洒落闲庭。

手挼裙带，无意识之动作，透露了无主与失魂。

本词抒情中穿插写景，景为情之外化与稀释，亦为女子之安慰与排遣，从而达至情与景完美融合，刻画女子情感与形象的同时，写景之唯美意象亦深入人心。

1　约砌：曲阶。

2　游冶：指出游寻乐，追逐声色。

3　"莲凋"句：莲凋月惨，形容女子神色憔悴。莲、月，女子的形貌。仪形，仪容形貌。

4　挼：揉搓。

阁选词

河　传

秋雨。秋雨。无昼无夜[1]，滴滴霏霏[2]。暗灯凉簟怨分离[3]。妖姬[4]。不胜悲。　　西风稍急喧窗竹[5]。停又续。腻脸悬双玉[6]。几回邀约雁来时。违期[7]。雁归人不归。

双调五十三字，上片七句一仄韵一叠韵四平韵，下片六句三仄韵三平韵。

词写女子相思愁苦。

开头之叠韵，交代时间，更言凄苦。三四句接写秋雨，秋雨不分昼夜淅沥连绵下着，令人无喘息机会，也象征了女子此刻之心情。

然后景凝于暗灯、凉簟，写女子居处之凄凉，故有"怨分离"之心理。

妖姬，美艳女子也；不胜悲，无法承受悲苦。《古诗十九首》有"荡子行不归，空床难独守"，两相对比鲜明，更易引发共鸣与怜惜。

下片围绕"不胜悲"展开。西风喧竹，秋气渐重，肃杀之气萦绕。停又续，指秋风，亦指眼泪，故下句紧接以"悬双玉"。

结尾三句写情人爽约失期,有"雁归人不归"之憾。

大雁秋日南归,扣紧开头之"秋雨",形成季节与时间的循环。

1 无昼无夜:不分昼夜,指雨没白没黑地下。

2 霏霏:雨盛貌。

3 凉簟(diàn):凉席。

4 妖姬:美丽女子。

5 "西风"句:稍,略微。喧窗竹,窗前竹子因风吹动而发出声音。

6 "腻脸"句:腻脸,指有脂粉的浓妆的脸。双玉,指两行泪。

7 违期:失期,爽约。

尹鹗词

临江仙

　　深秋寒夜银河静，月明深院中庭。西窗乡梦等闲成[1]。逡巡觉后[2]，特地恨难平[3]。红烛半消残焰短，依稀暗背银屏[4]。枕前何事最伤情？梧桐叶上，点点露珠零。

　　词写乡愁。

　　前两句交代时间，抓住秋日特征，写出秋高气爽所特有之静与明。

　　后三句写倏而入梦、顷刻梦醒的煎熬，写出怀人之恨。

　　下片前两句写室内蜡烛半尽，灯光昏暗，背对银屏。

　　后三句直抒情感，"枕前"为问语，末两句为答语——"梧桐叶上，点点露珠零"，写秋雨滴沥，愁情弥长，非常美的句子。

1　等闲：无端，平白。

2　逡巡（qūn xún）：顷刻，极短时间。

3　特地：特别，格外。

4　依稀：隐隐约约。

毛熙震词

更漏子

秋色清，河影澹[1]。深户烛寒光暗[2]。绡幌碧[3]，锦衾红[4]。博山香炷融[5]。　　更漏咽[6]。蛩鸣切。满院霜华如雪。新月上，薄云收。映帘悬玉钩[7]。

词咏本调，写秋闺情。

本词牌以三字句为主，三、五、六字交错，很适合表达细碎琐屑的情绪，以故成为表达闺情的极好词体。

本词似无特别主题，整首词表达深秋月夜闺中人的感受。

上片首句点明季节。次句写天上银河云影，三句写深闺烛影暗淡凄寒，四五句红色的锦衾和碧绿的绣幌，艳丽夺目，但更衬托出闺中人之寂寞孤独。

下片首句切入到更漏上，通过更漏鸣咽、蟋蟀哀鸣，烘托出秋夜的寂寥和寒凉，而满院的霜花又增加了一层凄寒。

末三句新月映帘的情景虽属平常，但如定格般的帘悬玉钩，恰似凝固了时间，无处不弥漫着寂寥和孤独，又似瞬间永恒，女子的寂寞孤凄亦似随之永恒。

虽为敷衍词牌，但或许本词牌之特色及此类主题易引人共鸣的原因，总之收到了极好的感发效果，缠绵凄楚，婉转动人,有一般的敷衍词牌之词难以达到的效果。

1　河影:即天河云影。

2　深户:即深闺。

3　绡幌:轻纱帷幔。

4　锦衾:锦缎的被子。

5　博山香炷:孙光宪《虞美人》(红窗寂寂无人语)有"博山香炷旋抽条"句。

6　更漏:又叫刻漏、漏壶,是古代用来夜间计时的器具。

7　玉钩:玉质的弯钩,喻新月。

女冠子

　　修蛾慢脸[1]。不语檀心一点[2]。小山妆[3]。蝉鬓低含绿，罗衣淡拂黄。　　闷来深院里，闲步落花傍。纤手轻轻整，玉炉香。

　　词写女子春日闲情。

　　上片前三句写女子修眉曼脸，和她精致的妆容，勾画出一个"美"。四五句通过蝉鬓含绿、罗衣拂黄，写其云发乌黑、衣着鲜亮。

　　下片通过两个动作，一个"步"，一个"整"，写出女子的闲适清雅。但是，两个修饰词——闷、闲，点染出女子略蹙的眉头，写出她的淡淡的愁绪。

　　词人深谙修饰之妙，无论是修、慢，还是绿、黄、玉，甚至是闲、纤、轻，都从形态、色彩和程度上，衬托出女子的年轻、美丽。色彩鲜丽，一如上一首词。

　　但更值得注意的是，词人善于运用字面上的色彩词，来提升词的精雅华丽，如"蝉鬓低含绿"，传统上用绿鬓形容女子头发乌黑发亮，实则头发是黑的，并不真是绿的；如词人的另一首《女冠子》（碧桃红杏），碧桃开的花也是以粉红色居多，并不真的是绿色的花。但无论是绿，还是碧，都是充分运用字面的色彩义,在表情达意的同时,增强了美感和视觉的冲击,这的确是不可不称道之处。

1　"修蛾"句:修蛾,修长的眉毛。慢脸,细嫩美丽的脸。

2　檀心:指女子额上点的梅花妆。

3　小山妆:指小山眉。

清平乐

春光欲暮。寂寞闲庭户。粉蝶双双穿槛舞¹。帘卷晚天疏雨。　　含愁独倚闺帏²。玉炉烟断香微。正是销魂时节，东风满树花飞。

双调四十六字，上片四句四仄韵，下片四句三平韵。

词写闲愁。

上片写景。首句揭示时间，为暮春。后三句写庭院中之闲，中有蝴蝶双飞，卷帘可感到稀疏落下的春雨，静谧而闲逸。

下片首两字"含愁"，启了愁绪，兼及抒情。其中闺帏、玉炉、焚香，为闺中生活之点缀。

末两句如肆口而出，这暮春之疏雨，这纷飞之蝴蝶，这即逝之春光，再加上空闺之寂寞，已够令人销魂，况又遇东风满树花飞。

"花飞"，杨花柳絮飞舞也，亦是惹愁之触媒，将女子之愁情具象化，充溢于世界。

末两句意象饱满，飞动之势更易体现胸中之积郁，不失为佳句。

1　槛（jiàn）：栏杆。

2　闺帏：闺中罗帏、罗帐。

南歌子

远山愁黛碧[1]，横波慢脸明[2]。腻香红玉茜罗轻[3]。深院晚堂人静、理银筝[4]。　　鬓动行云影，裙遮点屐声。娇羞爱问曲中名。杨柳杏花时节、几多情？

双调五十二字，上下片均四句三平韵。

词写女子多情。

开首两句以远山喻眉，以横波喻目，足见女子眉目清秀脱俗。

三句写绛红色茜罗纱映衬美丽红润肌肤，美之至。

四句写环境，深院夜晚堂屋静寂，此刻女子开始弹奏银筝，如一幅美丽图画。

下片前两句造语独特，写女子云鬓动，却写影子中云鬓动；写女子裙长及地，却写裙子遮住了木屐敲地之声，多了移情，多了婉转，更多了唯美的声音与画面。

三句以"娇羞"修饰，写女子言语情态，突出其年轻单纯。

末句又点出其多情，扣题。

本词通过唯美声画、人物外形、言语情态，刻画了一个多情美丽的女子，十分动人。

　　"鬓动"两句,形象而空灵,可谓佳句。

1　远山愁黛:指愁眉。

2　"横波"句:横波,指女子之眼波。慢脸,细嫩美丽的脸。

3　"腻香"句:腻香红玉,指女子香艳的肌肤。茜罗,绛红色的薄丝织品。

4　理银筝:理,弹奏。银筝,用银装饰的筝,指精美的筝。

菩萨蛮

绣帘高轴临塘看[1]。雨翻荷芰真珠散[2]。残暑晚初凉[3]。轻风渡水香[4]。　　无悰悲往事。争那牵情思[5]。光影暗相催[6]。等闲秋又来[7]。

―

词写秋闺情。

本词虽为常见的抒写闺情之作，但却能突破普遍的描写闺中景物及怨艾之态，而写得萧散随意，风神逼现。

两个五字句"残暑晚初凉。轻风渡水香""光影暗相催。等闲秋又来"，刻物细腻，感悟高妙，将多情、愁绪与节物迭换、时光暗逝使人产生的感伤，不留痕迹地表达了出来。毛熙震的词总是能摆脱死板的刻镂，捕捉到事物蕴含着的神采与灵魂，因而显得技高一筹。

―

1　"绣帘"句：高轴，高高地卷起。临塘看，靠近池塘看。

2　真珠：指荷叶芰叶上的像珍珠一样的水珠。

3　残暑：残余的暑气。

4　轻风渡水香：轻风将荷花的香味从水面上吹来。

5　"争那"句：争那，一作"争奈"，怎奈，无奈。情思，情感、意绪。

6　光影：一作"光景"，指时光。

7　等闲：无端，平白。

李珣词

渔歌子

获花秋[1]，潇湘夜[2]。橘洲佳景如屏画[3]。碧烟中[4]，明月下。小艇垂纶初罢[5]。　水为乡[6]，蓬作舍[7]。鱼羹稻饭常餐也[8]。酒盈杯，书满架。名利不将心挂。

词咏本调。

衡之词牌名，诉渔隐之乐，故本词敷衍词牌意，也是表达这一宗旨。

风景如画，生态环境良好，以水为乡，纵舟往来，无拘无束，时有鱼羹米饭可食，有酒可喝，有书可读，而无世俗名利事相扰，真乃人间乐事。

上片描写美丽景色如画，是渔隐之乐的重要乐趣来源。

下片，"水为乡"，"蓬作舍"，颇有水乡乐趣。饮酒、读书，鱼羹、稻饭，亦诉出了读书人普遍的渔隐梦想。

1　获花：芦获之花。

2　潇湘：潇水与湘江的并称，多借指今湖南地区。

3　橘洲：洲名，在今湖南省长沙市西湘江中，多美橘，故名，今称"橘子洲"。

4　碧烟：青色的烟雾。

5　垂纶：垂钓。传说吕尚（姜太公）未出仕时曾隐居渭滨垂钓，后常以"垂纶"指隐居或退隐。

6　水为乡：以水为家。

7　蓬作舍：以蓬草为屋舍。

8　"鱼羹"句：鱼羹,鱼做的糊状食物。稻饭,米饭。

巫山一段云

　　古庙依青嶂[1]，行宫枕碧流[2]。水声山色锁妆楼[3]。往事思悠悠。　　云雨朝还暮，烟花春复秋。啼猿何必近孤舟[4]。行客自多愁[5]。

　　词咏本调，写凭吊神女庙。

　　上片前两句写古庙位置所在，背倚青山，面向碧流。三句写水声山色围绕着神女庙。这神女庙，犹如当年神女在梳妆的妆楼。则前三句不仅凭吊神女，而且突出其"神"的特性，故有行宫、妆楼之词。

　　下片前三句写神女庙四周的自然环境，云雨变化，烟花开落，以及猿哀鸣。

　　上片见神女庙而令行客思绪回溯，故而"思悠悠"。下片末句，见自然界生物之生动活泼、长久不懈，反思到神女不在，故引人惆怅哀愁，故有"自多愁"之说。

　　猿之哀鸣尚属自然属性，但行客之哀愁，却因吊唁神女而产生之情绪波动，就像陈廷焯所说的，是"语浅情深"（《云韶集》卷一）。

　　　　1　"古庙"句：古庙，指神女庙。青嶂，如屏障的青山。

2　行宫:指京城以外的供皇帝外出时居住的宫室,这里据说是指楚灵王建造的细腰宫。陆游《入蜀记》卷六载:"早抵巫山县……游楚故离宫,俗谓之细腰宫。有一池,亦当时宫中燕游之地,今湮没略尽矣。三面皆荒山,南望江山奇丽。"但细腰宫遗址究竟在何处,目前仍有争议,主要有湖北说、湖南说、安徽说、河南说。但据本词上下文之意,应仍是指神女庙,此大约是据楚王与神女传说而来,则神女庙亦可看做是楚王的行宫。

3　妆楼:指妇女的居室,此指行宫里妃嫔们所居住的楼阁。此处亦指神女庙。

4　啼猿:巫峡的猿啼古来著名,郦道元《水经注·三峡》:"故渔者歌曰:'巴东三峡巫峡长,猿鸣三声泪沾裳。'"

5　行客:过客,旅客。

南乡子

　　归路近，扣舷歌[1]。采真珠处水风多[2]。曲岸小桥山月过。烟深锁。豆蔻花垂千万朵。

────

　　词咏本调，写采珍珠而归。

　　前两句先写归程路近，扣舷而歌的快乐。三句交代主人公并非一般的渔钓者，而是采珍珠者。

　　此处关于采珍珠的艰难、不易并未多写，只是三个字"水风多"简略带过。

　　接下写小舟归程中轻松自在，一路掠过曲岸、小桥和山月，写烟雾迷蒙，写豆蔻花美丽绽放，一副和乐适意的南国水边休憩图。

　　实际上，这些采珍珠的人被称为"海人"，过着十分凶险的生活，正如王建《海人谣》所述："海人无家海里住，采珠役象为岁赋。恶波横天山塞路，未央宫中常满库。"

　　而本词作者着眼点在写南国水乡风物，故使人产生的感受是与王建的诗是不同的。萧继宗《评点校注花间集》言："真珠豆蔻，略见南中风物。"

────

　　1　扣舷歌：用手击船舷作为节拍而歌。

2　真珠：即珍珠，形圆如豆，乳白色，有光泽，是蚌壳内所产。为珍贵的装饰品，也可入药。

南乡子

乘彩舫¹，过莲塘²。棹歌惊起睡鸳鸯。游女带香偎伴笑³。争窈窕⁴。竞折团荷遮晚照⁵。

词咏木调，写南国女子莲塘嬉戏。

起句两个三字句，"乘""过"，两个动词，写出了女子乘船轻快经过莲塘的情景。

三句写棹歌惊起睡着的鸳鸯，人与自然的和谐相处被勾画了出来。

接下三句围绕游女而写。无论是"带香"，还是"偎伴笑"，还是"争窈窕"，还是以"团荷遮晚照"，都透露出她们天真活泼、自然醇美的个性，是南国土著少女生活的缩影。

1　彩舫：指彩船，画船。

2　莲塘：栽种莲花的池塘。

3　游女：出游的女子。

4　窈窕：娴静美好貌。

5　"竞折"句：团荷，圆形的荷叶。晚照，傍晚的阳光，夕照。

南乡子

　　相见处，晚晴天。刺桐花下越台前[1]。暗里回眸深属意[2]。遗双翠。骑象背人先过水[3]。

　　词写南粤女子。

　　前两句，普通的起句，无甚特别。三句刺桐花、越王台，点明了地处南粤，南土风情呼之欲出。四句写女子对词人的钟情。

　　无论是"暗里回眸"，还是"深属意"，都体现了南粤女子直率、大胆、真纯的性格。接下来的"遗双翠"，应该是女子故意遗落头上的饰物，为的是为二人接下来的接触找到借口。末句的"背人"，恰切透露了这种意图。

　　短短三十个字，南国女子给人留下了深刻的印象，为李珣这组《南乡子》中难得的上佳之作。

1　"刺桐"句：刺桐，树名，亦称海桐、山芙蓉，落叶乔木。花、叶可供观赏，枝干间有圆锥形棘刺，故名。原产于印度、马来西亚等地，我国广东一带亦多栽培。越台，即越王台，在今广东省广州越秀山，为汉时南越王赵佗所筑。

2　"暗里"句：回眸，回过头看（多指女子）。属意，意向专注于

(某一人),倾心。

3　背人:避开人。

酒泉子

雨渍花零[1]。红散香凋池两岸[2]。别情遥，春歌断。掩银屏。　　孤帆早晚离三楚[3]。闲理钿筝愁几许[4]。曲中情。弦上语。不堪听。

双调四十三字，上片五句两平韵两仄韵，下片五句三仄韵两平韵。

词写别后相思。

上片前两句写景。花被雨浸渍，暗示残败凋零；红散，即花落；香凋，更意味着花香消散，是花落的进一步委婉表达。

这凋零的花儿，并非独个，而是遍及池两岸。满眼望去，一片惨凄凋残，凉意顿袭心头。

乍看以为写秋日雨后，后三句之"春歌断"，又似乎是在春末夏初。

不论春景与秋光，流露出的实际是女子的心理感受，故而遥，故而断，故而掩，皆懊恼语也。

下片开头两句为直叙。有了前之铺垫，此处之"孤帆"所指不言自明。"离"，离别也，辅之以"早晚"，似有开解意，即不论早或晚，那个人总是要登舟离去的，但开解之中，行程之无法改变，又了然于心，故失望，故绝望，是"抽刀断水水更流，举杯消愁愁更愁”。

　　结尾之三个三字句,即是这种不堪忍受思念之情绪的难以遏制的爆发。

　　景美情柔,美不胜收。

1　雨渍花零:雨渍(zì),雨打湿,雨浸润。零,凋零。

2　"红散"句:红散,鲜花散落一地。香凋,花香消去。

3　三楚:古地域名,历史上所指区域不同,一般泛指江陵一带。

4　"闲理"句:理,这里指弹奏古筝。钿筝,装饰、镶嵌有金属、宝石等的筝。

菩萨蛮

隔帘微雨双飞燕。砌花零落红深浅[1]。捻得宝筝调[2]。心随征棹遥[3]。　楚天云外路[4]。动便经年去[5]。香断画屏深[6]。旧欢何处寻。

双调四十四字，上下片各四句，两仄韵两平韵。

词写别后相思。

上片前两句写景。春日微雨，隔着帘子的燕子双双在雨中低飞，化用杜甫"细雨鱼儿出，微风燕子斜"的意境。此为仰首所见。

下一句，阶前的花儿，被微雨打湿，斜逸在外，本来可喜，但却深红浅红，落花满地。此为低头所见。

词人特别善写雨中凋落的花，它们被写得唯美，但不衰败，有种别样的生气。这些，像极词中女主人公。

随后两句写女子弹筝，以及心随征人到遥远的地方，便十分自然。

下片首句以楚天形容相隔之远，而行人之路更在天外，句内转折。次句则从时间上说，动辄就经年不归。

两句以时空为衡量标准，虽然空间极大，时间也不短，但行人却超出了女子在时空上的预期,侧写相思之无望。

　　结尾两句收束,景移室内。"香断",喻思断;"画屏深",言闺房之清寂孤冷。

　　一句"旧欢何处寻",是女子的叹息,又暴露了此情之无法断绝,恰又是相思的开始。

　　词人善于描摹体物,刻画细节,发掘深微心理,使常见题材焕发迷人魅力。

1　"砌花"句:砌花,台阶旁的花。红,这里指落花。

2　"捻得"句:捻,弹奏的一种指法。宝筝,泛指装饰精美的筝。

3　征棹:指远去的船。棹,船桨。

4　楚天:楚地的天。

5　"动便"句:动,动辄。经年去,指"去经年"。经年,经过一年。

6　香断:指香焚烧尽,间指不再焚香。

西溪子

金缕翠钿浮动[1]。妆罢小窗圆梦[2]。日高时，春已老[3]。人未到。满地落花慵扫[4]。无语倚屏风。泣残红。

词写春思春怨。

首句写梳妆。虽写的是金缕翠钿浮动，但实际是女子内心浮动。

次句之圆梦，说明梦对现实之重要。"日高"、"春老"，与"人未到"，形成反差和矛盾，说明女子之圆梦，与"人未到"有关，揭示相思怀人主题。

接下懒扫落花，表明女子情绪不高。"无语倚屏风"，说明女子情绪压抑。

末句，女子情绪失控，极言相思之苦、怀人之深。

1　浮动：飘动，晃动。

2　圆梦：原梦，解梦。

3　春已老：春即将离去，暮春。

4　慵扫：懒得扫。

作者简介

　　温庭筠(约812—866),本名岐,字飞卿,太原祁(今山西祁县东南)人,唐代著名词人。精通音律,词作多写闺情,称艳精工,艺术成就在众晚唐词人之上,被称为花间派鼻祖,有《金荃集》。《新》《旧唐书》有传。《花间集》选其词六十六首。

　　韦庄(836—910),字端己,长安杜陵(今陕西西安东南)人,唐末诗人、词人,与温庭筠齐名,人称"温韦"。有诗集《浣花集》。《花间集》选其词四十八首。

　　皇甫松,字子奇,自号檀栾子,睦州新安(今浙江淳安)人。生卒年不详。工诗词,亦擅文,终生未仕。《花间集》选其词十一首。

　　薛昭蕴,生卒年不详。仕蜀,官至礼部侍郎。《花间集》选其词十九首。

　　牛峤,字松卿,一字延峰,生卒年不详。五代前蜀词人。王建称帝时,曾拜给事中。《花间集》选其词三十二首。

　　张泌,字子澄,生卒年不详。事前蜀,官至舍人。《花间集》选其词二十七首。

　　毛文锡,字平珪,高阳(今河北)人。生卒年不详。五代蜀词人,官至司徒。工词能诗,颇有时名。《花间集》选其词三十一首。

　　牛希济,狄道(今甘肃临洮)人。生卒年不详。五代词人。约公元913年前后在世。前蜀王衍时,曾官至翰林学士、御史中丞。《花间集》选其词十一首。

　　欧阳炯(896—971),益州华阳(今四川双流)人,五代词人。官至舍人。《花间集》选其词十七首。

　　和凝(898—955),字成绩,郓州须昌(今山东东平)人。五代词人。曾官翰林学士、知制诰等职。《花间集》选其词二十首。

　　顾夐,生卒年不详。五代后蜀词人。官至太尉。《花间集》选其词五十五首。

　　孙光宪(?—968),字孟文,号葆光子,陵州贵平(今四川仁寿)人。五代时期荆南文学家。后唐时官至检校秘书监、兼御史大夫等职。《花间集》选其词六十首。

魏承班(？—925),许州(今河南许昌)人。五代前蜀词人,曾官至太尉。《花间集》选其词十五首。

鹿虔扆,生卒年不详。五代后蜀词人。孟蜀时为永泰军节度使,进检校太尉,加太保。《花间集》选其词六首。

阎选,生卒年不详。为后蜀布衣,时称阎处士。《花间集》选其词八首。

尹鹗,成都(今四川成都)人,生卒年不详。仕前蜀为翰林校书郎、参卿。《花间集》选其词六首。

毛熙震,生卒年不详。仕后蜀,为秘书监。《花间集》选其词二十九首。

李珣,字德润,梓州(今四川三台)人,生卒年不详。《花间集》选其词三十七首。